Marianne Jungmaier

Sommernomaden

Marianne Jungmaier

Sommernomaden

Stories

kremayr
scheriau

www.kremayr-scheriau.at

ISBN 978-3-218-01046-7

MIX
Papier aus verantwortungsvollen Quellen
FSC® C012536

Schutzumschlaggestaltung: Christine Link
Unter Verwendung dreier Grafiken: Blumen von mystel/shutterstock.com, Briefmarke von Olga Popova/shutterstock.com, Poststempel von darsi/shutterstock.com
Fotografien von Marianne Jungmaier
Lektorat: Tanja Raich
Satz und typografische Gestaltung: Ekke Wolf, www.typic.at
Druck und Bindung: Druckerei Theiss GmbH, St. Stefan i. Lavanttal

Gedruckt mit freundlicher Unterstützung
durch das Land Oberösterreich.

Für meine Mutter

Indien

CERTIFIED LOVE TRANSMITTERS

Miro kann meinen Mund in seinem verschwinden lassen.
Sein Mund ist ein eigenes Wesen. Würde jemand eine Karikatur von Miro zeichnen, so wäre sie ein riesiger lachender Mund.
Miro is the heart of hearts, sagt Monica, die ab und zu mit einem Glas Chai neben mir sitzt und mit Männern flirtet, die zwanzig Jahre jünger sind als sie. Diese Männer, die eigentlich Jungs sind, im *dormitory* schlafen und am Strand Fußball spielen, sagen, er sei ihr Kumpel.

I love Miro, too, sage ich.
Vor allem, wenn mein Blick ihm auf einem seiner Wege folgt und er sich unbeobachtet fühlt. Oder wenn ich zusehe, wie er Federball spielt, dabei fest auf den Ball schlägt und es in meinem Kopf widerhallt. Oder wenn er Schokoladeneis isst und das Glück aus seinen Ohren herausfunkelt. Oder wenn er sich tief hinunterbeugt, meinen Kopf festhält und mich küsst, als würden wir uns nie wiedersehen.

Miro ist ein *caretaker.* Niemand kann sich so kümmern wie er. Er gibt mir das Gefühl, ich sei ihm der nächste

Mensch, obwohl wir uns erst seit einer Woche kennen. Er kümmert sich auch um die anderen, versichert ihnen, dass es kein Problem sei, jetzt sofort einen Schokolade-Mandel-Milchshake zuzubereiten. Obwohl es hier keinen Mandelsirup gibt. Er würde ihn finden. Vielleicht arbeitet er deshalb in meinem *homestay,* vielleicht haben wir uns deshalb getroffen: weil wir beide das Unmögliche aufspüren können.

Miro heißt eigentlich Miroslav und kommt aus Kroatien.
Miró, wie der katalanische Maler, habe ich zu ihm gesagt.
Das Herkunftsland von jemandem zu wissen ist unerlässlich, wenn man reist. Es ist ein Teil des *Reiseführers für Fremde,* dem ungeschriebenen Atlas der Unbekannten, die man einmal Freunde nennen wird.
Neben der Herkunft stehen darin auch das geistige und physische Alter, der Beruf oder Nicht-Beruf, der Glaube an das Gute oder Böse, die nächsten Stationen der Reise und das Sternzeichen. Bei manchen auch der Aszendent oder das Maya-Zeichen.
Benutzt man diesen Reiseführer, kann man sichergehen, das richtige Land zu entdecken. Mit dem richtigen Menschen Zeit zu verbringen. Harmonie ist wichtig in Indien. Wer nicht *shanti* ist, dessen Reiseführer lese ich nicht.

Aus Kroatien kommst du, habe ich zu Miro gesagt, mein Großvater, den ich nie wirklich kannte, stammte auch aus Kroatien.

Doch im Gegensatz zu meinem Großvater ist Miro ein hochgewachsener Mann. Er kann seinen Arm um meine Schulter legen, ohne sich verrenken zu müssen. Gehen wir nebeneinander, überragt er mich fast um einen halben Meter. Liegen wir nebeneinander, stehen seine Füße über das Holzgestell des Bettes hinaus. Meine liegen an seinen Knien. In der Hängematte kann ich mich auf ihm einrollen wie eine Katze. In Miros Reiseführer steht, dass er es liebt, mich zu berühren.

Bis auf die Muttersprache hat Miro rein gar nichts mit meinem Großvater zu tun. Er ist ehrlich, in dem, was er sagt, hat eine Tiefe in seinem Blick und ein Loch in seinem Herzen. Er sagt, er müsse immer jemanden lieben, weil er nicht wisse, wie lange er leben würde. Ich sage, das fände ich ein wenig übertrieben, in unserem Alter. Aber eigentlich liegt uns beiden das Lieben auf dem Herzen, denn auch mein Herz ist fehlbar.

Die Sache mit der Liebe und den Herzen könnte auch von unseren Müttern herrühren. Miro hat drei und ich eine distanzierte. Ein Ungleichgewicht in jeder Hinsicht. Oder von unseren Vätern, die einander ähnlich sind: wortkarg und unnahbar, ungreifbar in ihren Gefühlen. Unsere Väter haben denselben Beruf gelernt, lesen wir in unseren Reiseführern. Man könnte den Grund aber auch woanders als bei den Eltern suchen.
Home is where your heart is, heißt es. Wenn das Herz kaputt ist, ist vielleicht auch das emotionale Zuhause

angeknackst. Wahrscheinlich ist es deshalb so wichtig: wir beide, an diesem Ort. Jeder für sich und trotzdem zusammen. Sogar die Tuk-Tuk-Fahrer wissen das, sie fragen mich, wo mein *boyfriend* ist, wenn ich allein an den Strand gehe.

Miro habe ich mir für diese Zeit in Indien ausgesucht. Ich habe es erst bemerkt, als ich ihn traf. Mit ihm zusammen zu sein ist, als feiere ich jeden Tag Geburtstag. Und damit meine ich nicht jene Geburtstage, die man verstreichen lässt wie das Gefühl, wenn einem schwarz vor Augen wird. Ich meine Geburtstage, an denen es *petits fours* und Birnenschaumwein gibt und von denen man mit einem Geschenk nach Hause geht. Miro trägt seines um die Welt, ein schmuddeliges Wollschaf namens Marijuana. Er nennt es »meine Tochter«.

Ich würde mein Geschenk teilen, das habe ich ihm gesagt.
Indien ist schuld daran, dass ich einen Mann, mit dem ich schlafe, mit anderen teilen würde. Das Wohlgefühl, das diese indische Sonne entstehen lässt, verbindet uns alle. Hier nennen wir es *the effortless unfolding of bliss.* Es wäre absurd, mein Glück hier nicht teilen zu wollen. Es ist so absurd wie ein Wollschaf auf eine Weltreise mitzunehmen.

Ich würde wollen, dass du es mir sagst, wenn du jemand anderen hast, sagt Miro und er meint damit, mich nicht teilen zu wollen.
Deshalb kleide ich meine Worte in Lachen.
Deshalb gebe ich vor, einen Scherz gemacht zu haben, als ich sagte, ich hätte auch mit seinem Freund geschlafen, wenn das mit uns nicht so stabil wäre.
Er ist mein *laugher.* Ich bin dafür verantwortlich, ihn zum Lachen zu bringen. Ich kann seinen Mund nicht verstummen lassen und auch nicht sein Herz.
Der Rhythmus dieses Herzens ist langsam wie der eines R&B-Songs, den er in seiner Jugend gehört hat. Das Herz setzt den *beat* fort und damit seinen großen Körper in Bewegung. Seine Arme ziehen Kreise und fallen ab. Seine Knie werden weich und seine Finger bilden Buchstaben. Er kann diese Vergangenheit nicht verbergen.
Je bitno, mala. Das ist Kroatisch und bedeutet: Es ist wichtig, Kleine. Miro sagt das oft. Es ist der Refrain eines kroatischen Hip-Hop-Songs. Er nennt mich *mala*, das würde ich mit Kleine oder Baby übersetzen. Ich nenne ihn im Gegenzug *mali*, Kleiner. Obwohl es natürlich nicht stimmt.
Ich frage: *Quoi?* Er antwortet: *Toi.* Immer. *And All That Jazz.*
Wir haben eine eigene Sprache miteinander geformt in diesem Miniversum, das so lange existieren wird wie Whitney Houstons *I Will Always Love You* an der Spitze der österreichischen Hitparade.

Wir formen Wortspiele aus Filmen, TV-Serien und Liedern, wie sie nur Menschen verwenden können, die 1985 geboren und in den Neunzigern groß geworden sind. Als wir erwachsen wurden, war Bill Clinton der Präsident der USA, wurde das Schaf Dolly geklont und löste der Disc- den Walk-Man ab. Wir waren zu jung, um Kurt Cobains Tod zu verstehen, aber unglücklich zu seiner Musik. Wir haben beide Bob Dylan später entdeckt, er noch später als ich, ich gebe ihm ein paar Alben auf einem USB-Stick mit.

Als das neue Jahrtausend begann, haben wir zu reisen und zu studieren begonnen, unser Studium abgeschlossen. Wir sind über die Mitte der Zwanzig hinausgewachsen, haben unsere erste große Liebe verwunden, sind wachsame Liebende geworden. Wir haben eine Idee davon, was uns glücklich macht.
Was uns unterscheidet ist, dass er als Kind den Krieg gesehen hat.
Für diese Bomben habe ich ein Äquivalent gesucht. Ein Heilmittel. Etwas, das dieses Unverständliche ausgleichen würde. Ich kann das nicht verstehen: wie es ist, Bomben fallen zu sehen. Doch ich kann es mir vorstellen: Es lässt mich nackt und ohne Haut zurück.

Miro bringt mir frisch gepressten Saft auf mein Zimmer. Er trägt das Glas, als trüge er Gold, flüssiges, dunkles Gold, und sagt: *These black grapes look like Ribisel.*
Und ich weiß, ich habe mein Heilmittel gefunden.

Die Ribisel, die es auch im Nahen Osten gibt, hat ihre Zweige über Süd- bis nach Mitteleuropa ausgebreitet, sie ist der kleinste gemeinsame Nenner unserer Geschichte. Kleine schwarze, rote oder weiße Beeren, für die wir denselben Namen haben.
Es ist eigenartig, dass wir Englisch miteinander sprechen, nie die Sprache des anderen gelernt haben, obwohl wir nur zwei Länder voneinander entfernt aufgewachsen sind. Doch wir verstehen uns auch ohne Worte, über die Musik.
Meine Liebe zu ihm hat sich in der Musik versteckt, ist über die offenen Fenster in meine trockene Welt aus Schreiben und Schlafen geflogen. Sie hat ihn mitgebracht und seither wohnt er bei mir.
I like sleeping in your bed, singt Miro. *I like knowing what is going on inside your head, I like taking time and I like your mind, and I like when your hand is in mine.*

Laut Reiseführer hat Miro einen Hang zu bewusstseinserweiternden, entspannenden Substanzen. Ich finde Miros großen Zeh bewusstseinserweiternd. Er ist so groß wie meine beiden großen Zehen zusammen.
Sein Körper ist ein Drei-Mann-Zelt, in dem ich sofort einschlafen kann. Er spannt es auf, wenn er mich sieht. Er sagt: Du musst mich jedes Mal umarmen, wenn du mich siehst.
Wenn ich dort lehne, direkt unter der Spitze seines Zeltes, eingehüllt in seine Arme, kann ich spüren, wie zerbrechlich er ist. An der Oberfläche kräuseln sich ein

paar Haare wie Disteln, die der Wind durch die Wüste trägt. Doch seine Beine sind so stark, sie könnten ein Schloss tragen.

In Indien wird ein fremder Körper sofort, über den Schweiß, vom eigenen assimiliert. Ich nehme drei Duschen am Tag: Der Schweiß bleibt allgegenwärtig. Deshalb vermischt er sich so gut mit dem der anderen. Deshalb trägt man wenig auf der Haut.
In Indien kann man niemanden nach seinem Äußeren beurteilen. Niemand bringt zuordenbare Kleidung mit. T-Shirts, kurze Hosen, Röcke, Flip-Flops. Kriminelle, Mode-Designer, Köche, DJs, Friseurinnen, alle sehen gleich aus. Ein bisschen *dirty*, ein bisschen heruntergekommen, im wörtlichen und im übertragenen Sinne. Man kann niemandem seine Geschichte ansehen. Deshalb ist der Reiseführer so wichtig.

Miro kleidet sich mit Entspannung, sein Stil ist *relaxed* und *transitional.* Das heißt, seine Garderobe erneuert sich alle paar Wochen. Im Moment trägt er einen Lungi, das traditionelle indische, männliche Kleidungsstück. Er wickelt diesen nicht im *Kerala-Style*. Er bindet ihn salopp um die schmalen Hüften, weiß mit goldenem Rand, so wie er will, wie einen Minirock. Dies bringt die Inder zum Lachen. *Korakor* steht auf Miros T-Shirts. *Heart to heart, spread the love.*

Miro ist ein Mann, der Liebe verkauft. Fährt per Anhalter durch die Galaxis, bringt die Liebe an Mann und Frau. Oder wie man auch sagen könnte: Er fliegt wie eine Biene von Blume zu Blume. Er lässt sich dafür bezahlen, dass er die Menschen daran erinnert, dass es Liebe gibt. Und er hat recht. Wer liebt, hat immer recht. Es sollte einen eigenen Berufsstand dafür geben: Den *Certified Love Transmitter, CLT*.

CLT steht auch für *Cognitive Load Theory,* die Theorie der verstandesmäßigen Belastung beim Lernen. Laut dieser Theorie hat das Arbeitsgedächtnis eine besondere Funktion beim Wissenserwerb. Das Arbeitsgedächtnis ermöglicht uns, einen Satz inhaltlich zu verstehen, sodass man sich am Ende des Satzes noch an den Anfang erinnern kann. Es fällt meinem Arbeitsgedächtnis schwer, sich an den Anfang zu erinnern, wenn ein Satz mit dem Wort *Sex* endet.
Miro ist ein Fuchs im *love business*. Er ist ein Weltreisender mit dem Logo eines Kreditkartenunternehmens auf dem Rücken. Über das Internet hat er eine Gemeinde an Liebeswütigen um sich geschart. Einmal gebissen, gibt es kein Zurück, denn von der allumfassenden, die Welt umspannenden, uns alle vereinenden und vereinnahmenden Liebe kann niemand geheilt werden. Sie ist tödlich für das Ego. Zumindest habe ich sein Konzept so verstanden. *We are all one.*

Miro kennt die Leute, hat mit ihnen gefeiert, sie am Strand oder im Zug, in seinem Café in Zagreb oder auf einer Farm in den indischen Bergen getroffen. Sie kommen aus Spanien, Israel, Frankreich, dem Iran, Brasilien oder Pakistan. Er bringt sie auch zu unseren Rendezvous mit, nachdem wir beschließen, wir sollten uns richtig verabreden. Die Leute kommen in unser *homestay*, um ihn zu besuchen. Er stellt sein Zelt auf, holt sie alle hinein, zerkleinert Ananas und Papayas zu Säften und redet mit ihnen. Worüber, weiß ich nicht. Ich bleibe in meiner eigenen Haut. Das ist wichtig, wenn man seinen Schweiß mit jemandem vermischt.

Wieso musst du am Morgen deine Ruhe haben, fragt Miro.
Damit ich meditieren kann, sage ich, lache und streichle seinen Mund. Es ist sieben Uhr, ich hole mir Chai aus der Küche und bitte ihn zu gehen.

Ich denke an ihn, während ich dusche und an meinem Chai nippe. Weiches Pink färbt die Fliesen in meinem Badezimmer und die Rufe der Vögel tragen meine Gedanken fort. Er bleibt in meinem Kopf wie ein Bildschirmschoner.
Ich würde gern mit ihm reden, während ich dusche und er in meinem Bett liegt. Ich würde zu ihm sagen, dass es schön ist, ihn zu kennen und dass er ein großartiger Liebhaber ist. Aber es gab ein Indien vor ihm und es wird eines geben, wenn er fort ist. Dieses Indien

will ich nicht aufgeben. Es ist mein *temporary heart space*.
In diesem ist meine Haut das Einzige, das mich begrenzt. Würde er noch in meinem Bett liegen, ich würde ihm vorschlagen, ihn auf seiner Liebesweltreise zu besuchen und ab und zu in seinem Zelt zu übernachten. Wenn er das wollte. Doch es gehört nicht zum Deal, es steht nicht im Reiseführer und ich weiß das.
Darin steht, dass jeder seiner eigenen Karte folgen muss, und nur in besonderen Fällen gleichen sich diese.

Miro verschwindet in seine Hängematte, wenn ich ihn gebeten habe zu gehen. Er deckt sich mit einem Schlafsack zu und denkt über alles andere nach. Zum Beispiel über seine Exfreundin, die er eine Woche bevor wir uns getroffen haben verlassen hat. Und über andere Exfreundinnen, denen er auf seiner Reise begegnen wird.
An manchen Abenden fragt er mich, ob ich in seine Hängematte mitkomme. Doch es gibt in jedem Land eine Zone, die man nicht betreten darf. Ein *Death Valley*. In diesem hat niemand etwas verloren. In diesem hat man nicht einmal etwas für sich selbst übrig. Miros Hängematte ist ein solches Gebiet, wie auch sein Schlaf.

Ich habe ihn gestreichelt, während er schlief. Bin über sein Gesicht gefahren, seinen Mund, seine hohe Stirn, die dunklen Haare, seine Schulter, an der ein Knochen hervorsteht. Mit dem weichen Ende meines Schals habe ich ihn liebkost.

Es war eine Vollmondnacht, die wir mit den anderen am Strand verbrachten. Das Licht des Mondes brach sich an den Wellen, am Feuer spielte jemand Tabla. Es war eine Nacht, in der man an den Sternen ablesen konnte, wie schnell unsere Zeit vergeht.

Willst du mit uns nackt im Meer baden, flüsterte ich.
Warum weckst du mich auf, flüsterte er zurück.

Als ich zurückkam, war alles verschwunden. Geld, Kameras, MP3-Player, sogar Reisepässe.
Als wir nach Hause gingen, sagte ich zu ihm, wie schlecht ich mich fühlte, da nur unsere Sachen übrig geblieben waren. Er sagte, das hätte ich gut gemacht, sie zu verstecken, und verschwand zwischen den Palmen in seine Hängematte. Ich drehte mich lange hin und her, in meiner Elfenbeinhaut, zornig über meine Wut und darüber, dass ich mich einsam fühlte ohne ihn.

Unsere Geschichte hat ihren Anfang in einer Hängematte genommen. Manchmal bringen einen die falschen Entscheidungen an den richtigen Ort. Wir haben uns gleich nebeneinander gelegt, Kopf an Kopf. Dann aufeinander, wie das junge Menschen tun, wenn sie aneinander interessiert sind. Nach ein paar Tagen habe ich diese Hängematte gegen mein Bett getauscht. Ich habe ihn gefragt, ob er mein *room service* sein möchte und seither schlafen wir fast jede Nacht in meinem Bett.

Vor Miro habe ich mit Männern geschlafen, die älter waren als ich. Im wörtlichen und im übertragenen Sinn. Es ist neu für mich, so jung zu sein. Mit Miro zu schlafen ist wie eine Reise im Orientexpress. Zumindest stelle ich mir das so vor. Es ist eine bedeutsame Reise, die Strecke existiert seit Jahrhunderten. Wir haben ein Ziel und erreichen es gemeinsam. Unser Ziel ist eine Traumstadt. Wie Paris, Istanbul, Delhi, Shanghai.
Der Weg zu unserem Ziel besteht aus vielen kleinen Stationen. Ein hervorstehender Nabel, ein Hüftknochen, den ich vorbeiziehen sehe. Ein Kratzen, ein Reiben, ein Zungenschlag. Ich atme die Worte einer fremden Sprache ein und mache aus ihnen ein Liebesgeflüster in meinem Kopf. Ich sehe beim Fenster hinaus, verliere mich in seinem Blick, und fange mich wieder, an seinem Ellenbogen. Ich vernehme ein Keuchen aus einem Mund, den ich nicht sehen kann. Wir bewegen uns in diesem Rhythmus, der uns angeboren ist. Knie und Ellenbogen tauchen in der Landschaft auf wie Hügel, Schultern wachsen aus Armen wie die Zweige der *banyan trees* aus dem Grund. Wir schließen die Augen, während ein letzter Ruck durch den Zug geht, und er anhält, in Haut und Haaren.

Miro versteht es, in die Seele von jemandem zu schauen. Ich kann es auch, seit ich ihn kenne. Es ist ein Wissen, das in uns verborgen liegt, bis jemand kommt und es ausgräbt. Es ist wie das Kind, das mit dem Finger auf den Kaiser deutet und sagt: Seht ihr nicht, dass er nackt ist?

Wir verschränken unsere Beine ineinander und lassen eine Armlänge Abstand zwischen unseren Köpfen. *Soul gazing* ist ein gefährliches Spiel. Wir verlieren die Distanz, den natürlichen Schutzwall, den wir aufgebaut haben. Sich selbst kann man nicht verlieren, doch sich auch nicht verschließen. Wir sehen uns so lange in die Augen, bis das Zimmer zu flimmern beginnt. In seinen Pupillen tauchen Bilder auf, für die es keine Erklärung gibt. Wir sind ein wenig aufgekratzt, nachdem wir uns in die Seele geschaut haben. Müssen uns mit Beschäftigung therapieren. Ich krame in meinem Zimmer, schiebe Miros Sachen von einer Ecke in die andere und den Tisch an die Wand. Ich ordne meine Filzstifte neu.

Miro verschwindet in den Garten. Um zu arbeiten. Ich sehe ihn barfuß von der Küche zu den Tischen laufen, während ich die Fensterbretter entstaube. Nicht, dass es dort Staub gäbe, es gibt nicht einmal Fensterbretter, bloß schmale Flächen, an denen Gitter montiert sind. Ich befestige Papiersterne an den Glühbirnen, um die Sache in einem neuen Licht zu betrachten. Einem wärmeren.
Ich höre Miros Musik aus dem Garten. Er spielt immer, was ich denke. Den Soundtrack zu *Amélie,* der mein Lieblingsfilm ist, nicht nur, weil ich aussehe wie die Hauptfigur. *J'y suis jamais allée.*

Gehen wir schwimmen, frage ich ihn später.
Ich muss arbeiten, sagt er.

Ich erinnere Miro daran, dass ich ein Recht darauf habe, meine freie Zeit mit seiner zu vermischen, nicht nur, weil wir das auch mit unserem Schweiß tun. Die Gutmütigkeit der *caretaker* wird von denen genutzt, die sie für ihre Zwecke gebrauchen.
Er hält meine Hand fest, während wir an den Strand gehen. Oder meine Hüfte. Er klemmt meine Schulter unter seiner ein. Er lässt mich nicht aus. Doch ich lasse ihn gewähren, denn in seinem Reiseführer steht, dass er es liebt, mich zu berühren.
Am Strand liegen wir nebeneinander, unsere Hände regungslos auf den Bäuchen. Sein großer Zeh ist ein Schiff am Horizont. Ich betrachte sein Ohr, das funkelt. Die Adler ziehen ihre Kreise über uns und wir werfen Worte dazwischen. Wir sprechen über den Moment der Stille zwischen dem Brechen der Wellen. Als wären die Geräusche der Welt für den Bruchteil einer Sekunde ins Universum gesaugt worden.
Ich frage mich, ob ich hätte wissen können, dass ich mit ihm schlafen werde, als er mir noch fremd war, als wir noch nichts voneinander wussten. Der zweite Satz aus seinem Mund, an den ich mich erinnere, war: Ich fühle mich in Beziehungen nicht wohl.
Ich glaube, ich hätte alles wissen können, wenn ich in diese Stille hineingehört hätte.

Im Gewicht dieser Stille kauft Miro am Strand Haschisch.
In dem Augenblick zwischen Ein- und Ausatmen ver-

schwindet er in dem Zubau eines Ladens und ich warte auf ihn.
Ich betrachte die Plastikbehälter mit Bonbons und Kaugummis, die warm und weich geworden sind von der Sonne. Der Mann, der sie verkauft, bittet mich herein. Er klopft mit der flachen Hand auf ein Holzbrett, das sein Stuhl ist. Jetzt sitze ich mit diesem Mann, der eine Lüge über einem schwarzen Hemd trägt, im Schatten von Brausepulversäckchen und Chipspackungen und schaue auf das Meer. Ich kann die Schulter des Mannes an meiner spüren. Er raunt mir etwas zu. Er riecht nach Nelken und Knoblauch. Ich schüttle den Kopf und springe von seinem Brett. Ich kaufe mich mit einem Kaubonbon frei und gehe auf den Wellenbrechern spazieren, damit mir die Sonne diese Erinnerung aus dem Gehirn brennen kann. Bis Miro zurückkommt, wollten zwei mit mir befreundet sein und einer wissen, wo ich wohne, damit er mich besuchen kann. Wenn man sich für einen Menschen öffnet, erschließt man sich auch anderen.

In Indien öffnet man sich automatisch, wie die Poren dem Schweiß. Dort gibt es keinen Grund, eine vergangene Version seines Selbst zu bleiben. Die Intensität dieses Landes überlagert alle Schichten der Existenz, die Vergangenheit ebenso wie die Zukunft. Die Wärme und die Freundlichkeit der Fremden geben einem den Glauben an das Gute zurück. Man begegnet einander mit Vertrauen. Das ist etwas, das man in Indien lernt.

Die einzige Gefahr besteht darin, sich an jemanden zu binden, der nicht zu einem gehört. Oder dies zu tun, bevor die richtige Zeit gekommen ist. Man darf dieses Kapitel nicht übersehen, im Reiseführer, es gibt ein Profil für jede Beziehung.
Die Art der Beziehung ist festgelegt, wie auch ihre Entwicklungsstadien. Diese Konstellationen sind so vielfältig wie die Menschen selbst. Es gibt Bekanntschaften, die scheinbar ohne Grund, selbst ohne physische Nähe, zu innigen Verwandtschaften werden. Seelenverwandte, die in ein Nirwana aus Sprachlosigkeit verschwinden, die man nie wieder sieht. Fremde, die man immer wieder trifft. Freunde, von denen man sofort weiß, dass sie bleiben.
Es war uns vorherbestimmt, einander zu treffen, sagt Miro und ich stimme ihm zu.

Er füttert mich mit Kuchen, führt die kleine Gabel langsam zu meinem Mund. Ich lecke sie ab und beobachte ihn aus dem Augenwinkel. Zum ersten Mal entdecke ich etwas Unbekanntes in seinem Blick. Ich sehe es, weil jemand gesagt hat: *I can see you, when you look at her.* Ein Hunger ist in seinem Blick. Er kann nicht mit einem *cheesecake* gestillt werden.

Es ist Samstagabend. Wir treffen die Jungs in einem Restaurant.
Wir tanzen zu einem Rave-Lied aus den Neunzigern, springen herum im Rot und Blau der Diskolichter. Ich

trinke einen Mojito zu viel und halte mich am Blick eines Israelis fest. Ich sehe eine Unschuld darin und sage zu ihm, *ata nifla*, du bist wundervoll.
In dieser Nacht ist alles unverbindlich, weil wir ausgehen, um zu feiern. In dieser Nacht ist alles unverbindlich, bis Miro auf der Tanzfläche vor mir steht und leise sagt: Ich mag es nicht, wenn du mit jemand anderem tanzt.
In dieser Nacht kann ich ihm auf dem Nachhauseweg meine Hand nicht geben. Ich kann ihn nicht bitten, bei mir zu schlafen. In dieser Nacht schlafe ich allein.
Ich sage mir, ich werde auch allein sterben, also kann ich auch allein schlafen.
Ich sage mir, dass ich mich um meine Angelegenheiten kümmern muss, nicht um die eines anderen. Ich kann nicht Miros Blick auf die Welt anlegen wie einen neuen Sari. Dazu haben wir zu wenig Zeit. Ich will ihn nicht besitzen, und ich werde nicht viele Bilder von uns behalten. Ich fotografiere Miro absichtlich nicht. Er soll ein kleiner, lebendiger Teil meines *temporary heart space* bleiben.

Auf dem Foto wird man meine Beine und die von zwei anderen sehen. Wir wachsen wie verkehrte Bäume in den Sonnenuntergang, Arme und Köpfe wurzeln im Sand. Die Strömung umspült meine Wurzeln und schwemmt das Treibgut fort, während jemand in der Nähe auf die Felsen klopft.
Das Gefühl zu diesem Foto wird Melancholie sein, weil der Abschied von Indien naht. Auf diesem Foto ist Miro

nicht zu sehen. Deshalb werde ich ihn irgendwann vergessen haben, wenn ich es ansehe.

Miro und ich verlassen mein Bett um drei Uhr Nachmittag und fahren in einem blauen Zug vierzehn Stunden von Süd nach Ost. Um vier Uhr morgens springen wir im Nirgendwo von unseren Plastikliegen aus dem *sleeper* hinaus auf einen kahlen, verlassenen Bahnsteig. Ich kaufe Kekse und Bananen, quetsche mich in den Bus, neben Miro, der sofort wieder schläft. Inmitten von Einheimischen, im Stimmengewirr eines Bollywood-Filmes, fahren wir in eine ungewisse Zukunft, Kopf auf Kopf, Hand in Hand.

Der Sonnenaufgang enthüllt eine Landschaft wie die neue Seite eines Buches. Als hätte man sie mit Aquarellfarben und Kohlestiften für uns gemalt. Rund geschliffene Felsen wie goldbraune Murmeln. Eine Ebene, von Büschen und Bäumen und Dörfern bewachsen. Über uns, im Dunst des neuen Tages, hängt ein Feuerball am Himmel.
Ich schaue in die schwarzen Augen einer alten Frau.
Ich sehe ein Kind mit schmutzigem Mund an ihrer Hand.
Ich wecke Miro nicht.
Ich wickle mir mein Tuch enger um den Körper und sehe mit den anderen fern.
Ein Polizist mit Pilotenbrille, der in eine kurvenreiche Frau verliebt ist. Er kämpft sich mehr oder weniger erfolgreich, vor allem aber singend und die Hüften

schwingend, durch den Film. Die Frau trägt Terracotta-Töpfe durch ein Haus und wirft ihm vielsagende Blicke zu. Dramatische Streichermusik setzt ein, wenn einer der Töpfe zerbricht. Ich bilde mir ein, jedes Wort in diesem Film zu verstehen. Ich frage mich, ob das an meiner Müdigkeit oder der Lautstärke liegt.

Unser Ziel ist eine Stadt aus einer BBC-Dokumentation. *Authentic India, as seen by.* Es ist ein Ort, an dem Shiva als Feuer-Lingam auf der Erde wandelt. Als heiliger Berg, den ich hinter dem Dach des Straßencafés sehen kann.

Wir schlürfen zwei oder drei Chai, während wir per Telefon unsere nächste Station herausfinden, beziehen unser Zimmer, duschen und schlafen sofort miteinander, damit wir den Schweiß des anderen nicht verlieren. Wir teilen Kaffee und Schokoladekuchen zum Frühstück und die Neugierde auf diesen Ort. Die Hauptstraße ist gesäumt von weichen Kuhfladen und bezopften Sadhus. Eine Prozession zieht vorbei: Eingebettet in gelben und rosafarbenen Blüten wird eine Leiche durch die Stadt gefahren.
Ich werde uns vermissen, sagt Miro.

Später werde ich jemandem erzählen:
Miro und ich sind barfuß auf den Berg gestiegen, der eines der mächtigsten religiösen Symbole Indiens darstellt, und haben an seiner Spitze mit Käse und Brot

gepicknickt. Wir mussten dieses Picknick wegen eines handgreiflichen Affen unterbrechen.
Ich werde sagen, Miro und ich haben den Annamalaiyar-Tempel besucht, der dem Element Feuer geweiht ist, vier 66 Meter hohe Türme hat, die man Gopurams nennt, und einer der größten Tempel Indiens ist. In seinem Inneren segnet ein heiliger Elefant für eine Handvoll Erdnüsse die Gläubigen, in dem er sie mit seinem heiligen Rüssel am Kopf berührt.
Ich habe uns an dem Stand neben dem Elefanten Ketten aus Rosenholz gekauft. Rosenholz beschützt seinen Träger vor unwirklichen und wirklichen Ängsten.

Im Angesicht eines Gottes aus Vulkangestein schlüpft Miro in der Dämmerung unseres letzten Morgens zwischen meine Beine. Wir schlafen miteinander, zum letzten Mal, während der Wecker klingelt und jemand in der Küche mit Geschirr klappert. Der transparente, roséfarbene Vorhang am Fenster bewegt sich sanft vor und zurück.
Ich werde sagen, dass ich neben niemandem so gut geschlafen habe wie neben Miro. Miro, dem *certified love transmitter*. Miro, der den Namen eines katalanischen Künstlers trägt.

In der Rikscha zum Busbahnhof bewahre ich meine Ruhe, als wäre es eine Fahrt wie jede andere. Ich frage ihn wie nebenbei, ob er mich wiedersehen will. Ich gehe davon aus, ein Ja zu hören.

Miro lacht nicht, als wir uns im Geruch von Urin und Frittieröl zum letzten Mal umarmen. Auch seine Ohren glitzern nicht, das kann daran liegen, dass er zum Frühstück *scrambled eggs* mit Toast gegessen hat. Ich lehne mich ein letztes Mal gegen ihn und lasse meinen Mund in seinem verschwinden. Ich muss lachen, als wir einander zuwinken, ich in der Tür des klapprigen Busses, er auf einem Sitzplatz neben dem Fahrer.

Ich lache, weil ich an das *chocolate fudge brownie*-Eis denke, das wir gegessen haben, und die unzähligen *cheesecakes*.
Ich lache, weil wir in meinem Zimmer zu *American Pie* getanzt haben, weil er zu Alanis Morissette mit mir schlafen wollte, was mir Unbehagen verursacht hat. Ich muss lachen, weil wir auf unserer 14-stündigen Zugfahrt über dem Abgrund Händchen gehalten haben. Weil es zwischen uns eine Leichtigkeit gab, die ich nicht aufgeben will.

Wenn wir uns getrennt haben, werde ich in mein *Death Valley* gehen. Um zu betrauern, dass ich ihn niemals wiedersehen werde. Jedenfalls nicht meinen Miro. Weil wir nicht gleich bleiben. Weil die Person, deren Reiseführer wir lesen, eine andere sein wird, schon im nächsten Moment. Sobald sie auf der anderen Straßenseite, in der nächsten Stadt, an ihrem nächsten Ziel angekommen ist. Weil selbst jene, mit denen wir das Unmögliche aufgespürt haben, am Ende einfach nur ein Teil des

größeren Ganzen, ein Moment in einer Aneinanderreihung von vielen sind.
Als wir uns getrennt haben, habe ich gelacht, weil Miro ein schwaches Herz hat. Und ich ebenso.

VENEDIG

KÜSSE IN STANNIOLPAPIER

Sie trägt braune Lederschuhe mit dunkelgrünen Wollsocken und eine Plastikmargerite in ihren blonden kurzen Haaren. Sie steht am Bahnsteig und dreht sich um sich selbst. Seit ich sie kenne, wartet Eli auf andere.

Wir treffen uns an Gleis sieben. Ich habe zehn Uhr vorgeschlagen, sie halb elf. Unser Zug fährt um 22.40 Uhr. Auf meinem Ticket steht: zwei Erwachsene, Linz nach Venedig.
Die Luft ist so kalt, dass man feine Atemwolken vor unseren Mündern sieht. In diesen Wassertröpfchen reiben wir unsere Nasen aneinander, wie es die Maori tun. Wir begrüßen uns mit einem Hongi, nicht nur, weil ich immer schon nach Neuseeland wollte. Der Hongi symbolisiert, dass man den Atem des anderen spürt.
Wenn wir unsere Nasen aneinander reiben, lacht Eli. Überhaupt findet sie viel zum Lachen, ihre Eigenheiten und meine, Kinder und Verrückte, auch den Skinhead, der uns gerade anspricht, und nimmt mir damit die Angst. Wenn Furcht und Neugier gleich stark ausgeprägt sind, hält das am Leben, besonders auf Reisen.

Als erfahrene Reisende sollte ich unseren Ausflug nach Venedig vorbildhaft geplant haben, doch Eli übertrifft mich. Sie packt einen Apfel aus, eine Flasche Bier und trinkt einen Schluck. In ihrem Rucksack sehe ich eine Dose mit Geburtstagskuchen. Sie denkt an alles, weil das Reisen ihr größter Schrecken ist, sie denkt immer auch an andere.
Weil sie weiß, wie sehr ich Postkarten liebe, sendet sie mir welche, mit beruhigender Regelmäßigkeit, egal, wo sie gerade ist. Sie zeichnet Portraits und kleine Vögel darauf, schenkt mir thailändische Muscheln, die aussehen wie Skelette und Schneckenhäuser, in denen ich ein Heim finde.
Sie ist eine Künstlerin, nicht nur im Leben. Sie hat mir ein Bild vom Ertrinken geschenkt, dessen Anblick mir noch immer Trost spendet.

Eli sagt, es sei ihr eine Ehre, dass ich meinen Geburtstag mit ihr verbringe, dabei gibt es längst keine Notwendigkeit mehr für Würde oder Ehre zwischen uns. Wir wissen, dass wir zueinander gehören, haben uns vor zehn Jahren in einem Zug getroffen, einem anderen, natürlich hat sie mich angesprochen. Manchmal sagt sie: Ich habe lange versucht, deine Freundin zu sein. Ich glaube, in diesem Satz liegt ein Vorwurf.
Ich habe sie damals aus der Ferne bewundert, weil ich siebzehn war und mir selbst fremd. Ich antworte dann, dass ich es nicht gesehen habe. Obwohl sie nicht zu übersehen war, mit ihren langen Dreadlocks und den

rot karierten Hosen. Am Lokalbahnhof, wo sie auf mich gewartet hat.

Jetzt, wo wir älter sind, haben wir keine Zeit mehr zu verlieren. Wir suchen die richtige Haltung, einander und dem Leben gegenüber und auch auf diesen Sitzen, zwischen Ritzen und Taschen. Wir legen uns Kopf an Fuß, bedecken uns mit Jacken und Tüchern. Wir schmecken Staub und stählerne Luft.

Der einzige Fahrgast in unserem Abteil bewegt sich keinen Millimeter, während wir hin und her rutschen und tuscheln. Er senkt seine Zeitung nicht einmal, als wir mit ihm sprechen, liest weiter unverständliche Schriftzeichen.

Später lese ich in meinem Telefon, dass die Temperatur in Venedig 25 Grad beträgt, das Ticket für ein Vaporetto 35 und der Eintritt zur Biennale 25 Euro kosten. Ich widerstehe dem Drang, die Numerologie zu befragen, gehe von einem bestmöglichen Ergebnis dieser Reise aus.

Es ist nicht ungefährlich, mit Menschen zu verreisen, die einem nahestehen.

Der Instinkt übergeht die Freundlichkeit, wenn man nur zwei Stunden geschlafen hat, wenn es kein Badezimmer, keine Toilette, kein Zimmer gibt, oder wie in unserem Fall, keine Heizung. Je weiter wir Richtung Westen kommen, umso kälter wird es. Die Klimaanlage tost aus kleinen Schlitzen am Fenster.

Eli streift sämtliche Hosen und Pullover über, überreicht mir kurz vor Salzburg mein Geburtstagsgeschenk, ein blaues Wollkleid.
Ab und zu nicke ich ein. Ab und zu nickt Eli ein. Nur der Chinese scheint immer Zeitung zu lesen, manchmal ersetzt er sie durch ein Magazin, immer mit diesen geheimnisvollen Zeichen bedruckt.
Am Salzburger Bahnhof trinken wir heißen Kakao, der nach Zucker und Milchpulver, nicht aber nach Kakaobohnen schmeckt, und ich schlüpfe in mein neues altes Kleid. Wir lauschen dem Rhythmus der Nacht und dem der Züge, bis sich unser Waggon wieder in Bewegung setzt, diesmal in Richtung Süden.
Als ich erwache, sehe ich blendend helles Licht auf Häusern mit hölzernen Sonnenblenden und erste Zypressen an Parkplätzen. Schlagartig ist es wärmer, landschaftlich schöner, beinahe kann ich die Nadelhölzer riechen.
Unser Gast ist verschwunden. Dass er in Kärnten ausgestiegen ist, halten wir für unwahrscheinlich.

Auf der Ponte della Libertà, zwischen Venezia Mestre und Santa Lucia, fotografiere ich Elis Reflexion im Fenster. Zwischen ihren Augen leuchtet die Sonne, ihr Körper ist eine glitzernde Fläche, von steinernen Ufern begrenzt.

Wir stolpern mit Hunderten anderen an verschmierten Glasscheiben vorbei.
Am Bahnhof Santa Lucia trägt der Faschismus noch

Flügel, sichtbar an seinem Zeichen FS, seiner neoklassizistischen Bauweise. Es hinterlässt ein eigenartiges Gefühl, der Vergangenheit hier so unverblümt zu begegnen: in Venedig, Stadt des Weltkulturerbes, in der alle zwei Jahre die Kunst von Dutzenden Ländern ausgestellt wird.
Ich organisiere Tee, Tramezzini und Tickets, möchte, dass Eli einen guten Eindruck bekommt und überlasse ihr den Platz an der Reling, neben dem Kapitän, wo sie über den Canale Grande blicken und Venedig atmen kann. Ich versuche, mir vorzustellen, wie das ist: diese Stadt zum ersten Mal zu sehen. Die Lagunenstadt, von mehr Menschen besucht als ihre Holzpfähle tragen können, die mehr als einhundert Kirchen beherbergt.

Die Bluse der Signora Maria ist weiß und ohne eine einzige Falte. Sie, die einzige Weltliche der Casa Caburlotto, erinnert mich an Audrey Hepburn mit Häubchen, es mag auch an ihren Augenbrauen liegen. Wir folgen dem Wuchs des Efeus in Richtung unseres Zimmers, das vier Betten, rote Spitzenunterwäsche vor dem Fenster und Kindergeschrei aus der nahen Volksschule bietet. Die Eingangstür liegt direkt am *canale*, an einer kleinen Brücke zwischen Rialto und Markusplatz, wo es nach Abwasser riecht und morgens Männer in fleckigen T-Shirts Kühlschränke verladen. Will man den Konvent betreten, muss man auf den kleinen Knopf neben einer Milchglasscheibe drücken. Die schwarze Kugel über der Tür sieht alles. Sie lässt nicht jeden ein.

Das erste Mal ließ ich mich als Schülerin auf Venedig ein. Von Slowenien mit dem Katamaran über das Mittelmeer gesegelt, gehüpft, an Land gesprungen und gleich in den nächsten Supermarkt, für ein paar Küsse, Pralinen, die ich seither von jedem Italienaufenthalt mitbringe. In diesen Küssen sind Sprüche versteckt, sie verbergen sich im Stanniolpapier. Ich schenke jedem Küsse, den ich treffe, bis mein Vorrat aufgebraucht ist. Wir alle brauchen manchmal einen unverhofften Kuss.

Eli steht am Ticketschalter und sieht mich eindringlich an. Es verstehe sich von selbst, dass ich an ihrer Seite bleiben müsse.
Ich brauche dich, sagt sie.
Ich gebe ihr einen Plan, deute auf die Pavillons.
Es ist ganz einfach, sage ich, am Abend treffen wir uns am Ausgang.
Ich bin mit dir hier, sagt sie und schüttelt den Kopf, also will ich es auch mit dir sehen.
So wie ich es sehe, bin ich nicht dafür gemacht, mit jemandem zusammen sein zu müssen.

Wir weichen der Sonne aus, die Muster in den Kies brennt, zwischen Spanien, Belgien und den Niederlanden. Es ist zu heiß an der Luft und in Gedanken zu kalt. Eli analysiert einen Baum im holländischen Dämmerlicht. Sein Anblick, die Dunkelheit, der Geruch lassen mich glauben, ich sei im Inneren eines Körpers. Ich

habe den Eindruck, dass wir jetzt alles gemeinsam tun müssen: gehen, schauen, denken, und zwar laut.
Vergeblich beschleunige ich meinen Schritt im Palazzo delle Esposizioni, bis sie mich zwischen Ungarn und Brasilien einholt und sagt, sie brauche eine Pause.
Eli weiß um ihre Bedürfnisse. Sie kann sie äußern, auch darin sind wir uns unähnlich.
Ich merke, wie sich eine Barriere vor mein Herz schiebt und eine Hitze über meine Schläfen kriecht, eine leichte Übelkeit in meinem Magen entsteht, ein Gefühl, so leicht wie Helium. Nur dass mir nicht zum Lachen ist.
Sie sagt: Du bist noch eigenartiger als ich.
Und sie hat recht. Sie versteht das Leiden von anderen. Ich kenne wenige, deren Verständnis für Neurosen so ausgeprägt ist. Ihr kann ich erzählen, dass meine Haut manchmal so dünn ist, dass ich nicht unter Menschen gehen, dass ich Farben in Bildern spüren kann, dass ich weiß, was jemand meint, auch wenn er es nicht sagt. Sie versteht mich, wenn ich sage, dass ich geheilt bin, sobald ich in den Wald gehe, dass ich sie zwei Monate lang nicht zurückrufen kann, weil ich meine Verbindung zur Welt verloren habe und das nichts mit ihr zu tun hat.

Eli versteht mich, weil sie Ketten aus getrockneten Blüten, Indianermokassins und Wollsocken und ein durchsichtiges Kleid zu schwarzen Lederstiefeln trägt, sie versteht mich, weil sie selbst manchmal so glücklich ist, dass sie nicht schlafen kann.
Sie ist eine den Schwalben Zuhörende, Steine sam-

melnde Punkkanone, die an Wehren schläft, nackt in Strömen schwimmt, aber nur jenen aus Wasser, Bilder aus Gefühlen malen kann, eine feministische Anarchistin, die auf Berge steigt, um den Sonnenaufgang aus einer neuen Perspektive zu sehen.
Bis sie sich einen Pausenplatz ausgesucht hat, habe ich zwei Espressi getrunken und drei Zigaretten geraucht.

Ich spucke Nektarinenkerne in den nächsten Kanal und zähle Österreicher im Hören.
Eine hörnchenförmige Wolke verdeckt die Sonne, als wir wieder aufbrechen. Vor dem venezianischen Pavillon mache ich ein Foto von ihr, auf dem sie aussieht wie Silvia Plath. Als ich sie bitte, ein Foto von mir zu machen, fragt sie mich, warum ich so eitel sei und erklärt mir dann die psychologischen Aspekte meiner Abhängigkeit von Nikotin.
Ich versuche, meinen Ärger auszugehen, in die Erde abzuleiten. Immer einen Schritt voraus, denn ich bin weder kritikfähig noch geduldig.
Ich starre in israelische Tongesichter, spaziere in nordischen Ländern über Wasser, höre Marguerite Duras' Worte zwischen piepsenden Bäumen von den Wänden tropfen. Wir trinken umsonst *a cuppa tea* in Großbritannien, getrennt von zwei Metern Schweigen, während zweihundert zwitschernde Schülerinnen einer schwedischen Studentin folgen.

Erst in Südkorea, einem Land, das mir so fremd ist wie Verantwortung für einen Erwachsenen zu tragen, finde ich, was ich mein Leben lang gesucht habe, ohne es zu wissen. Eine transzendentale Erfahrung, das Erscheinungsbild des Inneren, von der Natur bestimmt, ein Raum aus Licht und Atem. In seinem Inneren eine Kammer, schalllos, völlig abgedunkelt, in dem ich nur die Geräusche meines Körpers höre: nichts.
Ich bin von völliger Finsternis umgeben. Um mich ist absolute Stille.
Breathe, Bottari.
Als ich Südkorea verlasse, bin ich geheilt.

Später finde ich ein Foto von diesem Gesicht und einem anderen, Elis, im Spiegel des Vaporetto, mit dem wir zum Lido übersetzen, um endlich das Meer zu sehen und den Horizont. In Pulloverkleidern, barfuß, trinken wir Rotwein aus der Flasche, nebeneinander, jede auf ihrer eigenen Jacke sitzend.
Eli hat ihren Angriffston aufgelegt, möchte streiten, aber ich habe keine Lust mit ihr zu reden, im Angesicht des Meeres. Deshalb trinke ich, bis mir schwindlig ist, und mache Fotos von mir selbst. Auf diesen sieht man ein Ohr, einen Haaransatz und eine Schulter mit einem Stück dunkelblauen Stoffs. Außerdem rote Lederstiefel, *cuoio vero,* 100 %, den Steg über den Markusplatz und das Schild *per Rialto,* an dem ich mich festhalte, um den Weg nach Hause zu finden, für uns beide.

Als ich am nächsten Morgen aufwache, weiß ich, es ist ein besonderer Tag.
Nichts außer meinen Gedanken deutet darauf hin: nicht der weiße Volantstoff, der sich sanft vor dem Fenster bewegt, und auch das steril riechende Kopfkissen, in das ich meinen Kopf drücke, nicht, oder das braune Nachtkästchen mit der Eisenlampe, neben der unsere Reisepässe liegen.
Es hat auch nicht mit Eli zu tun, deren flache Atemzüge mir zeigen, dass sie noch schläft.
Es ist ein besonderer Tag, weil ich ihn dazu mache. Jedes Jahr wünsche ich mich an diesem Tag ans Meer. Das Meer ist das Schönste an dieser Welt, das findet auch Eli.

Ich finde schön, dass sämtliche Touristen in unserer Gasse den winzigen Hund kennen, den der alte Mann in weißem Hemd und weißer Hose spazieren führt.
Carino, sagt er und verteilt Worte an die Menschen mit den Stadtplänen wie andere Brotkrümel an die Tauben.
Ich trinke drei Cappuccini. Bis Eli an meinem Tisch Platz nimmt, habe ich meine Gedanken an der Morgenluft sortiert und alles notiert, was ich loswerden musste. Ich habe den Möwen lange genug zugehört, um das Meer zu verstehen und wie in jeder Stadt von Weltrang darauf gewartet, dass ein berühmter Mensch an mir vorbeigeht. Es ist niemand gekommen, bis auf Eli.

Jemand, der mich dazu bringt, um neun Uhr morgens ein indisches Reisgericht mit Safran zu essen, weil das seine Vorstellung von einem Geburtstagskuchen ist, hat die nötige Durchsetzungskraft, seine Bilder in den großen Museen dieser Welt auszustellen.

In den Hallen des Arsenale beschauen wir Kunst von anderen, deren Namen wie exotische Pflanzen klingen: Lieshout, Khalili, Beloufa, Gianikian.
Heute will ich es von Anfang an richtig machen und stecke mir eine frische Blüte ins Haar. Heute besichtige ich Wurzeln von unten, im Kosovo. Ich klettere durch einen Erdballen, tanze durch einen Raum voll grauer Menschenfiguren ohne Körper, schwebe mit bunten Discokugeln im Dunkel, *sfera luminosa appesa*, fotografiere gelbe und grüne Blätter vor einem Loch im Himmel, der nur in Venedig dieses Blau haben kann, weil er sich hier in himbeerroten Häusern spiegelt.

Ich kann nur dann ich sein, wenn ich allein bin, egal, wie sehr ich Eli liebe.
Und dennoch erwarte ich sie hinter der nächsten Ecke, doch da ist nur ein Café, ein Stück Mauer, eine Bootsanlegestelle. Da lege ich mich ins Gras und sehe, wie ein Bläsersextett auf einem Segelboot über das Wasser gleitet, und höre ein schwermütiges Stück des Komponisten Kjartan Sveinsson, das laut meinem Telefon für diese Biennale komponiert wurde.
Mein Telefon sagt mir auch, dass mich niemand angerufen hat, ich aber fünf Nachrichten zu meinem Geburtstag bekommen habe. Ich lese weiter, dass man in diesem

Arsenal im 16. Jahrhundert bis zu 25 Kriegsgaleeren an einem Tag gebaut hat.

Um neun, um elf und um ein Uhr hat Eli davon gesprochen, dass wir einander verlieren werden. Um vier suche ich sie in Argentinien, Südafrika und dem Vatikan.
Um fünf verlasse ich das Areal und setze mich vor den Museumsshop. Um sechs mache ich mich auf den Weg zu einem zweiten Ausgang, auf der anderen Seite des Hafens. Die Dame am Tor schüttelt den Kopf. Nein, sie habe keine mit Schwalben im Haar und Flügeln an den Ohren gesehen.

Um halb sieben bin ich den Tränen und einer schwarzen Katze nahe, die an einer Hundeleine spazieren geführt wird. Mir ist heiß. Meine Füße schmerzen. Ich möchte den Menschen, die ohne Unterlass aus dem Ausgang und in den Eingang strömen, zurufen, dass ich heute Geburtstag habe. Ich wünsche mir, dass mir jemand sagt, dass es schön ist, dass es mich gibt. Doch Geburtstage sieht man niemandem an. Sie sind einem nicht ins Gesicht geschrieben.
Um halb acht schreibe ich Eli, ihr könne nichts geschehen, sie solle einfach dem Schild, *per Rialto*, folgen. Sie ist alt genug und Venedig kein gefährliches Pflaster.

Um acht sitze ich auf einem Wellenbrecher an einem menschenleeren Lido, proste mir selbst mit italienischer Zitronenlimonade zu, esse ein *dolcetto* mit Zuckergla-

sur und hülle mich fest in mein Tuch. Den Wind in den Ohren, schieße ich ein Foto vom Vollmond, *verso il mare*. An meinem Rücken, hinter den Akazien, leuchten die Zirruswolken im Sonnenuntergang.
Ich glaube, ich war noch nie in meinem Leben so glücklich.
Und ich vergesse für einen Moment meine Sorge um Eli.

Sie hat darum gewusst. Ich würde sogar sagen, sie hat damit gerechnet.
Scheiße, dass du einfach davongelaufen bist, sagt sie.
Dabei kann ich sie nicht einmal sehen. Das Zimmer ist so schwarz wie die Nacht vor dem Fenster, ich mache Licht und da liegt sie, bis zu den Zehen bedeckt, sogar die Schuhe noch an ihren Füßen, eingemummt, ganz grau im Gesicht.
Du kannst nicht einfach weggehen, sagt sie, in einer fremden Stadt, und mich allein lassen. Den ganzen Nachmittag habe ich auf dich gewartet, an ein und derselben Stelle, am Wasser neben dem Boot mit den Bläsern.

Hochwasser, sagt mein Telefon, ist ein Sinnbild für bedrohliche Gefühle, die eine emotionale Katastrophe anrichten können, es deutet auf Angst vor der eigenen oder einer fremden Gefühlsintensität hin.

Ich erinnere mich daran, dass ich noch immer Geburtstag habe.
Noch zwei Stunden und einundvierzig Minuten.

Deshalb spaziere ich zum Markusplatz, wo Hochwasser ein reales Problem ist, eines, das täglich wiederkommt. Deshalb sitze ich mit den anderen Touristen auf einem Steg, über dem Diane Kruger in den Nachthimmel lächelt, nein, gütig blickt, leicht verführerisch, ich führe das auf ihre Vergangenheit als Model zurück.

Ich beobachte Menschen, die fotografiert werden, nur weniger professionell, über uns steigt der venezianische Vollmond mit leuchtenden, kleinen Spielzeugen in den Nachthimmel.
Eine Truppe spielt den Bolero vor den Cafés und es gelingt mir, den Ton zu halten, das gute Gefühl in meinem Bauch, für eine Weile. So wie der Ton die Musik macht, machen gemeinsame Erfahrungen eine Beziehung aus. Es ist eine einfache Rechnung: Je harmonischer die Folgen, umso länger dauert das Stück.

Langsam rücke ich von Eli ab, in einem voll besetzten roten Plüschabteil.
Brennero, Innsbruck, Richtung Wien. Es hat uns die Sprache verschlagen wie die Ohren, in den Tunnels, in denen ich sie fotografiere. Wenn schon nicht sprechen, dann wenigstens sehen. Auf diesen Bildern sehe ich ihre Schönheit, nach und vor Venedig. Ihre blonden, selbst geschnittenen Locken, ihre zittrig blauen Augen, die zierlichen Schultern, die Blumen, sie ist eine Schwalbe im Sommer und trägt ein rotes Band im Schnabel. Wie jene auf ihren Postkarten.

Später bittet sie mich, ihr diese Fotos zu schicken.
Später sagt sie, niemand habe sie so getroffen.
Und wir beschließen, nicht mehr miteinander zu verreisen, weil wir besser aufgehoben sind an Orten, zu denen wir freiwillig kommen und von denen wir bedenkenlos gehen können. Wie, wann und warum wir wollen.

Ich bewahre die Küsse auf, elf Monate lang, bis zu ihrem Geburtstag.
Eine kleine Packung, die sie entgegennimmt, als hätte sie darauf gewartet. Ich muss sie nicht erinnern. Sie findet die Sprüche im Stanniolpapier ganz von allein.

BELGRAD

FLÜCHTIGE MORGEN

Mein erster Morgen bringt mich unter mein Nachbarhaus, in dessen Unterführung sich ein See mit blauem Himmelsblick gebildet hat. Er führt mich an eine sechsspurige Straße mit Schornsteinschlot, einen Euro-Creme-Laden, eine Bäckerei, in einen Geruch nach Blätterteig, Käse und Spinat. Ich verhalte mich, wie ich es immer tue in fremden Städten: *I'm pretending to belong there.*

Meine Stiefel klappern den Bulevar Despota Stefana entlang, Richtung Platz der Republik, im Dröhnen und Hupen von Autos und Lastwagen, in diesem milchigen Licht, an zerbröckelnden, von Auspuffgasen geschwärzten Mauern vorbei, die Geschichte und Krieg atmen.

Es ist noch nicht lange her, dass hier Menschen auf Menschen geschossen haben, dennoch oder vielleicht gerade deshalb kommt man nach Belgrad, um zu feiern.

Als ich zum ersten Mal von Serbien hörte, hieß es Jugoslawien und war das Land, aus dem mein Großvater geflohen war. Es kam niemandem in den Sinn, dorthin zu fahren, weder vor noch nach 1992, als es an einem eisernen Vorhang lag, noch während seiner Kriege. Vielleicht fährt man auch nicht dorthin, woher die Seinen geflohen sind.

Als ich zum ersten Mal nach Belgrad flog, holte mich der Fahrer der österreichischen Botschaft ab, von dem man mir später erzählte, er hätte diesen Job, weil er das *love toy* der Sekretärin sei. Ich dachte an die Worte von Dragan Velikić, der sagte, Österreich sei außen wie Deutschland, innen wie der Balkan.

Jetzt wohne ich für drei Tage in einem Haus mit dunkelgrün gefliestem Aufgang, das wie ein Mensch in einem Fahrstuhl mit zu vielen anderen hinter einem sechseckigen Plattenbau liegt, der das Sonnenlicht ab vier Uhr verdunkelt.
In der Gasse vor meinem Haus riecht es nach Urin und Unrat, vor den Fenstern wartet ein Ahornbaum auf den Frühling. Meine Bibliothek ist mit Bildbänden von Nan Goldin ausgestattet, die Küche mit einer türkischen Kaffeemaschine, in jedem Zimmer heizen oder kühlen Klimaanlagen, je nachdem.
Ich frage mich, ob etwas an diesem Ort, der Stadt, der Wohnung, typisch serbokroatisch ist, möglicherweise Rückschlüsse auf meinen Großvater zulässt. Etwa der Überfluss an Betonbauten oder der Geruch nach Ćevapčići im Stiegenhaus. Doch ich kann in meiner Erinnerung nichts festmachen, das auf seine typischen Lebensumstände verweist.

Meine Wohnung ist eine Alibi-Wohnung für Geister und Literaten, der perfekte Ort für Begegnungen, die keines Ortes oder einer Zeit bedürfen, ihrer Form nach gar nicht existieren, wie mit Sergio.

Nach meiner Ankunft habe ich das Schlafsofa für zwei bezogen, denn ich werde es mit ihm teilen. Sergio ist ein *professional party animal* und in jeder Stadt zu Hause, er kommt nach Hause, wenn ich aufstehe.
Wir haben uns in der Wüste getroffen und auch damals unsere Schlafstätte geteilt; nur war der Himmel unser Dach. Wir mochten uns gleich, er mich, weil ich nahezu keine Kleidung trug, ich ihn, weil er mich zum Lachen brachte. Sergio wohnt alle paar Monate woanders, deshalb muss man ihn nicht abholen, er findet sich allein zurecht.

Ich werde selten abgeholt, so gut wie nie kommt jemand in einer Ankunftshalle auf mich zu und sagt: *Nice to meet you, please come along.* Wenn ich einmal abgeholt werde, dann fühle ich mich wie eine Königin. Es ist das Los und Privileg von Nomaden, überall auftauchen und wieder verschwinden zu können, nirgends und doch überall ein Zuhause zu haben.
Es war auch die Art meines Großvaters, plötzlich vor unserem Haus zu sitzen, eine Kiste Bier und eine Sporttasche neben sich, und nach drei Wochen wieder zu verschwinden. Wir vermissten ihn nicht und er störte uns nicht, er war ein variabler Teil der Familie.

Belgrad ist ein gefährliches Pflaster für Tagträumer: An der Biegung stürze ich beinahe in den Untergrund, weil jemand den Kanaldeckel aus dem Gehsteig gehoben und fortgeschafft hat. Dennoch oder gerade deshalb finde ich Schönes in den Grasspitzen, die neben der Haustür aus dem Beton wachsen, den Geschirrtüchern der Nachbarn, die am Balkon im Luftzug wehen. Finde die Straße, in der ich wohne, zauberhaft: Sie existiert nicht im Internet, man hat sie erst kürzlich erfunden.

Ich stolpere über löchrigen Beton, vorbei an Plakaten, die Thai-Box-Veranstaltungen und Konzerte mir unbekannter Popstars mit Neunziger-Jahre-Frisuren anpreisen. Wasserfontänen zischen unter den Reifen der Taxis hervor, die Kälte kriecht in meinen Mantel wie das Pfützenwasser in meine Stiefel.
Ich gehe an Elektronikläden vorbei und solchen, die günstige Handyverträge anpreisen, einer Bankfiliale, die einem Staatsgefängnis gleicht. An kränkelnden nackten Bäumen hängen nasse Plastiksäckchen, die der Wind, Tage zuvor, gebracht hat. Der Verputz der Häuser ist lange abgefallen und durch Graffiti ersetzt worden. An den Kiosken verkauft man Klopapier, Zeitschriften und Süßigkeiten, auch an der Bushaltestelle ist die Welt in Ordnung.

In dieser Stadt raucht man mehr als an anderen Orten, überall raucht man, gehend, wartend, stehend, telefonierend. Ich frage mich, ob das Rauchen wirklich ein Symbol für Armut ist oder ob es hier nicht einfach ein Überbleibsel aus einer Zeit ist, in der es Teil des alltäglichen Lebens war, wie die Backstreet Boys oder Lavalampen. Mein Großvater rauchte ohne Unterlass, seine Haarspitzen rochen nach Nikotin wie seine Hände, und seine Stimme klang wie das Schleifen meines Koffers über Kopfsteinpflaster.
Ich fühle mich zu Hause in Belgrad. Es mag an meiner Herkunft liegen oder meinem Besuch vor zwei Jahren.

Dobro jutro, sagt der Kellner und fragt mich auf Serbisch nach meinem Wunsch.
Ich bestelle Pfefferminztee, auf Englisch, mit Pfefferminztee kann man nichts falsch machen, den gibt es überall, in südlichen Ländern bekommt man ihn aus frischen Blättern serviert.
Das Gebäude, in dem ich ihn trinke, könnte auch in Budapest oder Prag stehen, es atmet einen monarchistischen Abglanz aus Grün und Gold. Durch seine Schwingtür saugt es Touristen und Gäste ein und spuckt sie an Marmortischen und kleinen Jugendstil-Stühlen wieder aus. Klassische Musik oszilliert in den Sprachen, Gabeln stechen kleine Bissen von mehrschichtigen Cremetorten, Schokoladearabesken, silbernen Nonpareilles, Nusskipferln. Münder schlürfen Schaum

von Cappuccinos. Draußen vor den Fenstern rauschen Busse und Taxis vorbei. Wäre der Kellner einen Tick unfreundlicher, ignorierte er mein Winken und verrechnete er mir das Doppelte, ich glaubte mich in Wien.

Vielleicht liegt die Vertrautheit auch an den Plätzen, die ich wiedererkenne: Den Tašmajdan Park mit seinen ausgeblichenen Spielgeräten, die majestätische Postzentrale auf dem Trg Nikole Pašića, die Fußgängerzone Knez Mihailova, den Trg Republike mit seiner Mann-auf-dem-Pferd-Statue, an der sich die Belgrader treffen, den Kalemegdan Park, von dem aus man die Große Kriegsinsel in der Mündung von Donau und Sava sieht.

Vielleicht liegt es an Sergio, ihn in der Stadt zu wissen, die so ungreifbar ist in diesem Wetter, so kalt, ihre Straßen nass glänzend, es reicht mir zu wissen, dass einer von uns in Kontakt tritt mit all ihren Möglichkeiten.
Jetzt schläft er, während ich einen Mürbteigkeks in heißen Tee tunke, frühmorgens kehrte er zurück, von einem Jazzclub, vierzehn Stockwerke über der Stadt, drei Uhr hat mein Telefon angezeigt, als ich den Schlüssel in der Tür hörte. Ganz sachte ist er unter die Decke geschlüpft, hat mir einen Kuss auf die Stirn gedrückt und seine Beine mit meinen verhakt.

Sergio ist einer der wenigen, die den *modus operandi* von Nomaden verstehen. Er weiß, dass man sich nicht festmacht an den Orten, sondern stets weiterzieht, dass die einzige Sicherheit, die man hat, das Datum des nächsten Fluges, die eigene E-Mail-Adresse, die eigene Kreditkartennummer ist.

Wir teilen eine Liebe zum Tanz, haben uns tanzend kennengelernt, er bewegte seine langen Arme und Beine und fing damit jene ein, die ihm nahestanden, auch mich. Sergio, der nahezu zwei Meter über dem Boden lebt, über seiner langen Nase eine blaue Brille trägt, dahinter ein Paar Augen, das seine Umgebung gründlich studiert, vor allem aber weibliche Attribute. Sein schwindendes schwarzes Haar versteckt er unter Hüten.
It was nice sleeping next to you, finde ich als Nachricht auf meinem Telefon.

Am nächsten Morgen finde ich mich am Rand des mir Bekannten, der Einkaufsstraße Kralja Milana, unter der Beograđanka, die sich in ihrem schwarzen Glaskleid dreißig Stockwerke in den Himmel schraubt. Der genauso grau ist wie am Tag zuvor, nur hält er sich zurück und behält den Regen bei sich.
Quietschende Busse halten vor dem Einkaufszentrum, Business-Frauen in High Heels und Männer in Anzügen eilen telefonierend vorbei, ich spaziere auf und ab im Rauschen ihrer unverstandenen Geschichten.

Daran erkenne er die Serben, sagt Sergio, egal in welchem Land, an ihrer Lautstärke. Dabei kennt auch er keine Zurückhaltung.
Buongiorno, höre ich jemanden schreien, *buongiorno tesoro,* unter einem roten Hut, gestikulierend eilt er auf mich zu.

Wir besuchen den Zeleni Venac, einen der großen Märkte Belgrads, der in Wirklichkeit eine Zeitmaschine ist, in der man das Vergehen der Minuten am Tauschen von Waren und Münzen ablesen kann.
Wir besuchen Stände aus grünem Metall, Orte, an denen Identität und Selbstwert besprochen werden, nur dem Anschein nach geht es um Tomaten, Salatköpfe und Erdäpfelknollen.
Wir besuchten dieselben Orte, Sergio und ich, London, Barcelona und Shanghai, radelten gemeinsam durch eine Stadt, die es nicht gibt, von einem Lichtpalast zum nächsten, vorbei an feuerspeienden Kraken und fliegenden Lichterfischen, in einem Ozean aus Liebe und Musik, hinterließen Kreise und Ellipsen im Staub, bis der Morgen glühend über uns kam, mit Deep House und *deep feelings.*

Ich frage mich, warum ich mich jemandem, den ich erst ein halbes Jahr kenne, mehr verbunden fühle als meinem eigenen Großvater, warum die, die vor uns kamen, nicht immer auch ein Stück weit mit uns gehen, wie es sein kann, dass ein ganzes Leben verschwindet, ohne dass ich etwas darüber weiß. Dabei gäbe es mich gar nicht ohne ihn.

Wir kaufen selbst gemachten Ajvar im Glas, Brot und Tomaten, die nach Feldern und Erde riechen, probieren gebrannte Mandeln mit Zimt und Ratluk in den Sorten Rose, Pistazie und Marille, mit einem Zentimeter Staubzucker bedeckt.
Wir spazieren zurück, zwischen Ständen mit plüschigen Hausschuhen, einbeinigen Puppen und knopfaugenlosen Teddybären. Die Fenster der Kioske sind mit Werbung für Brausepulver beklebt und an den Ecken verkaufen winzige Großmütter gehäkelte Wollsocken und Veilchen in Zeitungspapier.

Ich frage mich, ob eine von ihnen meine Großmutter hätte sein können, wäre mein Großvater hiergeblieben, ob ich dann zu Besuch kommen oder hier leben würde, ob ich in ihrer Küche türkischen Kaffee trinken und honigtriefende Süßspeisen naschen würde.

Jemand sagte einmal, türkischen Kaffee zuzubereiten sei eine Kunst.
Man braucht dafür bloß Geduld, finde ich, während ich zusehe, wie hellbrauner Schaum aufsteigt.
Die Wände der Küche sind mit Robotern und Ufos beklebt, die einander beschießen. Es mag an den IKEA-Möbeln liegen, dass sich dieser Ort unbewohnt anfühlt, der Sammlung von zweihundert VHS-Kassetten über

dem Bett, den einzelnen Büroklammern in den leeren Schubladen. Vor den Fenstern regnet es, seit gestern Abend, ohne Unterlass, die Fenster sind angelaufen.

Um neun Uhr muss ich ihn wecken.
It's a hard life, er seufzte, als er letzte Nacht nach Hause kam, und wischte sich mit beiden Händen über das Gesicht.
Ich drehte mich zu ihm, das Licht zeichnete Schattenmuster auf sein Gesicht.
The party was OK, flüsterte er, seine Stimme heiser, *the music disappointing.*
Wie von selbst verschränkten sich unsere Beine, und ich legte meinen Kopf auf seinen Arm.
I think, we should go to sleep, sagte er und ich antwortete, *we should.*
Und so lagen wir, im Blick des anderen, und ich spürte seine Finger meine Wirbelsäule hinaufwandern, rückte ein Stück näher und schmeckte unsere letzte Nacht in Belgrad.

Später an diesem Morgen trete ich wieder unter mein Nachbarhaus, in dessen Unterführung sich ein See gebildet hat, und warte an der sechsspurigen Straße auf mein Taxi. Ich verhalte mich, wie ich es immer tue, in Städten, die mir ein Zuhause geworden sind: *I'm pretending to belong here.*

Das Einzige, das ich mit Sicherheit weiß, ist die Destination meines nächsten Fluges, und dass mein Großvater nach Norwegen gegangen ist, wo er eine neue Familie gegründet hat und irgendwann geblieben ist.

BERLIN

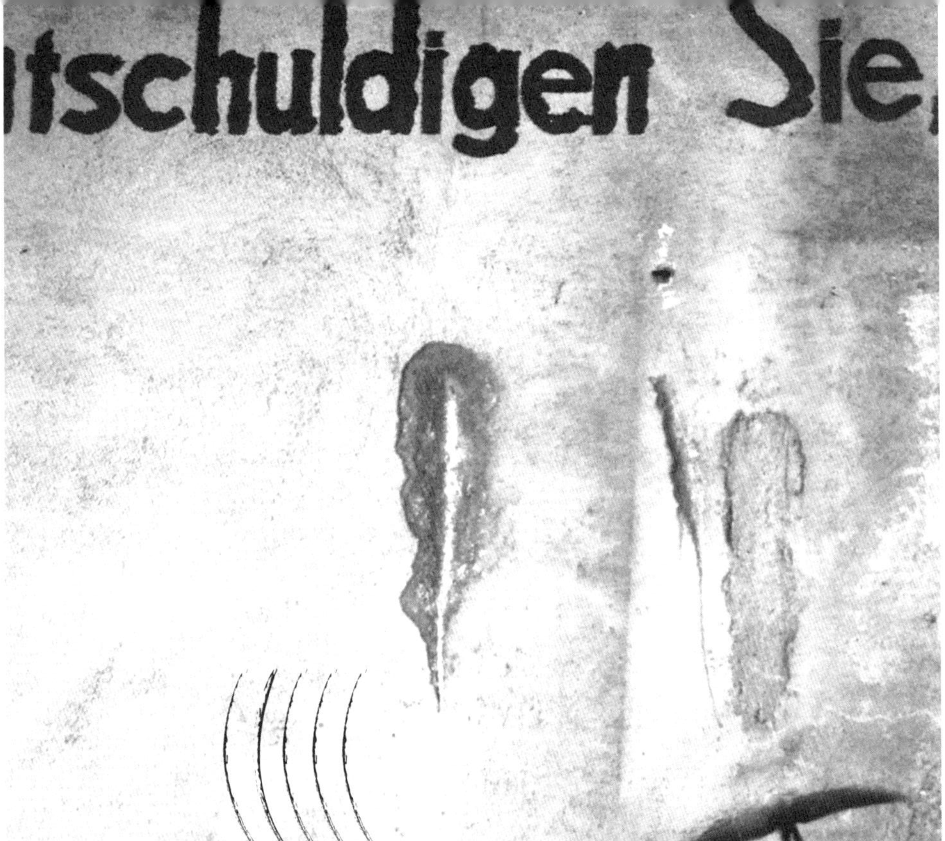
tschuldigen Sie,

DAS REGLEMENT DER HERZEN

Wir sitzen an einem Tisch aus grünem Holz, Koffer und Handtaschen neben uns. Unser Begleiter, ein kleiner Mann, hat uns dorthin gebracht, wohin wir sollen: Prenzlauer Berg, Pflastersteine, Punks im Park.
Die Menschen auf den Straßen klingen wie die Protagonisten in *Alice in den Städten*. An den Wurzeln der Kastanien sammeln sich erste Blätter, die unter unseren Schuhen knistern, wenn wir aufbrechen.
Ich würde dem kleinen Mann gern sagen, dass wir ihn nicht mehr brauchen, dass er gehen kann, doch das wäre unhöflich. Wir sind höflich, zu ihm und zueinander. Wir trinken Tee. Worte spazieren hin und her, wechseln die Straßenseite wie der Schatten. Noch finden wir keinen Eingang in die Vertrautheit, die wir eigentlich teilen.
Dort, woher wir uns kennen, haben wir kaum Kleidung getragen, Yoga gemacht, sind beisammen gesessen, bis spät in die Nacht. Jetzt trennen uns ein grüner Tisch und vier Monate, in denen wir einander nicht gesehen, nicht gesprochen haben, und ich rauche mehr als nötig. Dabei ist für alles gesorgt.

Audrey hat für alles gesorgt, uns ein Zimmer besorgt, Bettwäsche, Handtücher. Dabei ist es nicht einmal so, dass wir ein Bett teilen. Höchstens eine Hängematte oder ein Strandtuch, hier wird es eine Wohnung sein, fünf Tage lang. Um uns wiederzusehen. Raja, ich und Audrey, und auch der kleine Mann, aus der Distanz.
Wir sind ein *tribe,* sagt Raja.
Weil wir gemeinsam am Strand gelegen, auf den Horizont geschaut, uns eine reife Ananas geteilt haben. Weil wir uns vom Rauschen der Wellen davontragen haben lassen, am Ende der Welt.

Er hat sich neben mich gesetzt, dieser große, schlanke, indisch aussehende Mann, und mich gefragt, woher ich käme. Ich habe ihn sofort gemocht, als er sagte, ich sähe überhaupt nicht aus wie eine Österreicherin.
Weil ich alle mag, die nicht auf das Ersichtliche reduzieren, die mit Worten, Blicken und Gesten jonglieren. Wie Raja, den Sprachzauberer, der mir mehr als einmal gesagt hat, was ich hören wollte und mich damit beschützt hat, vor meiner Angst und der der anderen.
Jetzt sitzt er neben mir, sein wirres, braunes Haar ein Krähennest, sein Lachen so eigen, dass ich ihn aus zehn Meilen Entfernung erkennen würde, in seinen schwarzen, funkelnden Augen ein Wissen um tausendundein Geheimnis.

Bei ihm fühle ich mich zu Hause. Der Ort ist nebensächlich. Es ist die Schwingung, die wir teilen, egal wo

wir sind. Berlin ist Audreys Zuhause und deshalb auch unseres.
Audrey verdanke ich einige der interessantesten Gedanken überhaupt.
Ich verdanke ihr die Idee einer Liebe, die nicht auf eine einzelne Person beschränkt ist, mehrere Partner gleichzeitig lieben zu können, mit vollem Wissen und Einverständnis aller Beteiligten. Ich verdanke ihr eine nicht enden wollende Perspektive von Freiheit, die ich erlebe, wenn ich mit ihr zusammen bin.
Audrey behandelt jeden, dem sie begegnet, zärtlich. Sie sagt: Ich versuche, die innere Schönheit der Menschen zu sehen, und nicht, was man von außen sieht.

Audrey ist eine schöne Frau, sie kann ein verführerisches Lächeln auf ihre Lippen zaubern, so schnell und vollendet, wie ich es selten gesehen habe. Eine Elfe ist sie, aus einem Land gefallen, das es nie gab, ihre Flügel versteckt unter ihren Haaren, die schwarz sind und kurz und zerzaust. Wenn sie etwas berührt, streicht sie durch diese Haare, so als wolle sie sich daran erinnern, dass sie fliegen kann.
Ihr verdanke ich die Möglichkeit eines Annehmens der körperlichen Fehlbarkeit, ein Lieben der Erscheinungsform des Körpers, unabhängig von Alter, Geschlecht und Aussehen.

So wie Audrey aussieht, ist sie nicht nur für mich eine schöne Frau: groß und schlank, ihre Haut weich, ein

zarter Honigton im Sommer, im Winter joghurtfarben, Sprenkel voller Zimt und Karamell. Ihre Augen funkeln wie Rajas, nur grün und bernsteinfarben. Sie haben etwas Zartes, das vorsichtig in diese Welt blickt.
Audrey verdanke ich die Idee, dass es nicht so sehr darum geht, was man darstellt, sondern ob man seine Wahrheit lebt.
Ich verdanke ihr den Impuls, diese zu suchen. Sie ist mutig, eine, die nur in Unterwäsche bekleidet tanzen geht, für die ein Blowjob so etwas wie das Auspacken eines Geschenks ist.
Men are like little boys, sagt sie. *It's so easy to make them happy.*

Wir fahren dreimal drei Minuten mit der Tram zu unserer Wohnung, die wir teilen wie eine Familie, unser Zuhause liegt im besten Kiez, so stilvoll habe ich nie gewohnt. Hellblauer Art-Nouveau-Schreibtisch, Stoffbahnen an der Decke, das Badezimmer erinnert an einen Regenwald und die Küche glänzt in Edelstahl und schwarzem Holz. Wir beziehen unsere Zimmer und sie unsere Betten.
Berlin ist bio, sagt Audrey, also werden Neuankömmlinge wie wir mit Bio-Artischocken und Bio-Rotwein bewirtet. Wir sitzen an einem sorgfältig gedeckten Tisch, das Lichtkonzept schummrig und sexy. Audrey strahlt, als hätte man den Kerzenschein für sie erfunden.

Nachdem wir die erste Flasche geleert haben, kommt die Vertrautheit zurück wie die House-Musik aus den unsichtbaren Boxen an der Wand. Langsam, beständig, vertiefend, verbindend. Sie tropft zwischen unsere Worte, läuft so leicht unsere Kehlen hinab wie der Wein, und während wir einander vom Lieben und Leben erzählen, erinnere ich mich, wie oft ich mit Raja in der Hängematte lag, Kopf an Fuß, unter diesem sternenbedeckten Himmel, so nahe am Äquator und wie traurig er war, als ich zurückflog, weil auch das Leben im Paradies irgendwann ein Ende nimmt. Spätestens wenn der Monsun kommt.

Und Audrey, die mit mir Tango getanzt hat, barfuß unter Palmen, kaum ein Blatt hätte zwischen uns gepasst, schon damals war ich fasziniert von ihr und ihrer Art, den Körper zu begreifen. Keiner von uns wusste, dass wir uns wiedersehen würden, dabei bin ich mir sicher, es stand schon fest.

Beziehungen enden nicht, sie ändern nur ihre Form, sagt Audrey und natürlich willigen wir ein, als sie vorschlägt, tanzen zu gehen.

Rauschmittel sind schuld daran, dass Raja alle Straßenschilder fotografiert und auch die Tramlinie, die an unserem Haus vorbeifährt, die U-Bahn und all ihre Haltestellen. Er hält fest, was einen Weg andeuten könnte, damit wir später wieder nach Hause finden, er weiß, dass heute Abend auf ein elektronisches Gehirn mehr Verlass ist als auf seines oder meines.

Den Club betreten wir nacheinander.
In den Clubs dieser Stadt gibt es viele Regeln, vor allem aber *vor* ihnen. Eine dieser Regeln besagt, dass man nicht zu viele sein darf. Eine andere, dass man besser Deutsch spricht. Und dann gibt es noch dieses irrationale Moment, Aussehen, Geruch, Endorphine. Wahrscheinlich hat es auch damit zu tun, ob man den Menschen in die Augen sehen kann.

Es geht um das Ego, sagt Raja und ich pflichte ihm bei, während wir einen unbeleuchteten Schotterweg entlang schlendern, der Bass in der Dunkelheit lauter wird und wir die ersten bunten Glühbirnen in den Zweigen sehen.
Raja glaubt, das Ego sei der Anteil in uns, der Anerkennung, Macht und Ruhm sucht. Ich glaube, es ist die Summe unserer Erfahrungen, die bewahren will, was sie kennt. Kurz gesagt: Das Ego ist der Strich in unserer Rechnung.
Es ist daran interessiert, möglichst gut auszusehen, möglichst viel herauszuholen. Es will mit jedem Menschen schlafen, zu dem es sich hingezogen fühlt.
Ich habe darüber nachgedacht, mit Raja zu schlafen. Ich habe es mir vorgestellt, auch die Details. Für einen Teil von mir ist wenig so angenehm wie bis zum Morgengrauen mit ihm unter Palmen zu schaukeln, unsere Geheimnisse über Bord zu werfen und einfach in der vollen Blöße des Menschseins zu schweben, ohne Grenzen.

Ich wusste, wie man uns ansah, wenn wir gemeinsam an den Strand fuhren, nur er und ich. Ich wusste, dass man uns zuhörte, wenn wir uns um vier Uhr morgens im Garten verabschiedeten.

Ich beuge mich nicht der Unsicherheit oder Moral einer anderen Person, aber ich verletze auch niemanden vorsätzlich. *What goes around, comes around.* Seine Frau hat einen Platz in meinem Herzen, und auch seine beiden Kinder. Deshalb säe ich Lachen und Umarmungen und berühre nicht mehr von ihm als seine Fingerspitzen und sein Herz.

Herzens- und Tagediebe gibt es zuhauf, in diesen Clubs, man erkennt sie gleich, zwischen den Rauchschwaden auf der Tanzfläche. An ihren Augen erkennt man sie, die Löchern gleichen, in die man fällt, betritt man sie. An ihren Worten kann man sie ausmachen, die hohl sind, ein Vakuum an Bedeutungslosigkeit.
You look like Lily Allen, sagt jemand auf der Toilette zu mir, *do you want to sleep with my girlfriend*?
Ich habe den Verdacht, dass es hier nicht darum geht, mit jemandem zu sein, sondern bis zum Äußersten zu gehen, um sein Gesicht zu wahren. Audrey weiß darum.

Audrey, die unter ihrer weißblonden Marilyn-Monroe-Perücke eine Unschuld trägt, die nur jenen eigen ist, die sich der Welt ohne Maske zeigen können. Sie spielt damit, kokettiert mit Verruf und Verruchtheit. Sie lässt

alle Hüllen fallen, indem sie sich dementsprechend verhält und Menschen küsst, die sie nicht kennt. Solche wie mich hält sie an der Hand und zieht mich hinaus aus meiner Enge.
In die frische, klare Abendluft, in die sternbeleuchtete, Vodka-befeuchtete Nacht. Sie zeigt mir alles, was ich wissen muss. Im wörtlichen und im übertragenen Sinn, führt mich über die Tanzflächen, an Bars vorbei, setzt sich mit mir auf die Bank am Fluss, erklärt mir, woran man einen Dealer erkennt. Wir trinken einen Shot und noch einen, und sie zeigt mir diese Welt, die mir so fremd ist, in der sie sich bewegt wie ein Fisch im Wasser zu unseren Füßen.

Später werde ich mit Raja auf einem Boot über diesen Fluss fahren.
Als Touristen werden wir Berlin erkunden, und ich werde ihm erzählen, dass ich schon einmal hier war. Dieses Berlin ist mir nicht so fremd, wie ich glaubte.
An der Hand meines Vaters über den Kurfürstendamm gegangen, 1992, die Temperatur über der Vierzig-Grad-Marke, die vielen Menschen auf der Straße, ein Mann mit langen Haaren und nacktem Oberkörper ist an uns vorbeigelaufen und hat geschrien: *Anybody seen my baby.*
Und mein Vater hat gesagt: Der sucht seine Freundin.
Die zerbombte Gedächtniskirche hat sich in meinen siebenjährigen Kopf gebrannt. Wenn ich sie heute sehe, habe ich das Gefühl, dieser Ort ist mir ganz vertraut. Je-

mand hat einmal gesagt, Berlin ist eine Stadt, in die man sofort ziehen kann. Er hat recht.

Bevor ich hierher geflogen bin, habe ich auf einem Balkon in der Viale Don Giovanni Minzoni in Firenze gesessen, in einer kleinen Altbauwohnung, in der es so heiß war, dass wir in nassen Leintüchern geschlafen haben. Es war August und ich habe Audreys Nachricht gelesen, während mich eine erste kühle Abendbrise einhüllte.
You have to come to Berlin, hat sie geschrieben, *I have an apartment for you.*
Sie hat geschrieben, dass auch Raja kommen würde.
Und mir war klar, ich hatte keine Wahl.
Zu allen sagte ich, ich fahre nach Berlin.
Zu niemandem sagte ich: Ich weiß nicht, wo ich dann hinfahren soll.
Wahrscheinlich, weil ich sowieso zurückfliegen werde, ans Ende der Welt.
Ich habe meinen Rucksack mit allem gefüllt, das ich mitnehmen wollte, obwohl ich von Indien weiß, dass ich nur das Notwendigste einpacken darf: Schuhe für Regen und Schuhe für Sonne.

Wie bei allen Orten, an denen man zu Hause ist, war mein Wissen über Berlin marginal. Weder Zahlen noch Fakten habe ich gewusst, recherchiert, dass es eine Fläche von knapp 90 000 Hektar hat und knapp 3,5 Millionen Einwohner, Tendenz steigend.

Die Weite, die ich auf diesen Betonwegen spüre, die von Unebenheiten gekennzeichnet und von wilden Kräutern bewachsen, von quietschenden gelben Trambahnen und ratternden rostigen Rädern befahren sind, die ins Endlose reichen, immer nur von einem strahlend blauen Horizont begrenzt, lösen in mir ein Gefühl der Freiheit aus.
Diese Freiheit ist so uferlos, dass ich es kaum aushalten kann.
Ich spüre sie an meinen Beinen und unter meinen Rippen. Sie lässt meinen Schritt schneller werden und mich atmen. Erst spät habe ich sie bemerkt, sie hat sich angeschlichen, mich plötzlich angesprungen.

Das Gefühl, um etwa ein Uhr mittags, wochentags, bei mildem Sonnenschein oder leichten Wolken, je nach Jahreszeit, ist die Maßeinheit, anhand derer man ablesen kann, wie zugehörig man sich einer Stadt fühlt.
Wo ich herkomme, ist diese Weite unbekannt. Dort sind die Straßen schmal und verwinkelt, für Müßiggänger gibt es keinen Platz. Dort sind die Wege vorgezeichnet und bekannt, es ist unmöglich, davon abzuweichen oder abzukommen. Und sie sind sauber, diese Pfade, allzu sauber.
In Berlin lasse ich absichtlich kein Papier fallen.
Nicht, weil es jemanden stören würde, sondern weil ich die Anordnung der Wildkräuter und Schmutzpapiere, das Reglement der Plakate und Graffitis nicht stören will. Es gibt ein Stillleben im Rauschen dieses Verkehrs.

Haben die Tabletten, die mir Audrey angeboten hat, meine Sicht verschoben?
Sie verwandeln die Wahrnehmung der Welt, sagt Raja, diese Pillen verändern Helligkeit und Kontrast, Dynamik und Sättigung der Farben. Sie bewirken eine Tonwertkorrektur, von einem Blick zum nächsten verschieben sie die Wirklichkeit.
In Berlin muss ich mich um nichts kümmern, nicht in dieser Nacht, die zwölf Stunden dauert, und auch an keinem anderen Tag.
Am Morgen verlassen wir den Club gemeinsam, uns an den Händen haltend. Es ist acht Uhr, wir sind euphorisch, für andere wahrscheinlich kaum auszuhalten. Ich habe das Gefühl nie wieder schlafen zu müssen. Als Berliner können wir in mehreren Clubs pro Nacht tanzen, unser Wochenende besteht aus einer einzigen Nacht, wir brauchen nicht mehr als vier Stunden Schlaf.

Audrey sieht aus wie der strahlende Tag, während sie uns Brötchen und Kaffee kauft und wir kichernd nach Hause stolpern, dem Weg folgend, den sie uns weist.
Jeder Tag dieser Woche wird gleich sein und doch nicht. *Same same, but different*, sagt man in Indien.
Wir bewegen uns in einer Parallelwelt, in der wir tagsüber schlafen und nachts tanzen, haben das Raum-Zeit-Gefüge umgedreht. Wenn wir nach Hause gehen, stürzen uns Menschenmengen an den Ampeln entgegen. Müde Gesichter, Aktenkoffer, Kaffeebecher in bleichen Händen. Wenn wir ausgehen, ziehen die Schwalben ihre

letzten Kreise über uns, bis sie den Himmel den Fledermäusen überlassen.
An den Straßenecken machen wir solche aus, die sich wie wir außerhalb der Matrix bewegen. Raja sagt: *It feels so good to be here,* und ich verstehe genau, was er meint.

Unser letzter Tag beginnt um vier Uhr nachmittags.
Raja ist abgereist, während wir noch schliefen, hatte einen Flug dorthin, wo ich heute Abend sein werde. Dort werden wir uns nicht wiedersehen. Für ihn ist London eine Zwischenstation, auf dem Weg zu Frau und Kindern.
Für mich ist es eine Zwischenstation, um andere aus meiner Familie zu treffen.
Mein *tribe* ist über die ganze Welt verteilt. Seine Stammesältesten sind unsichtbare Wesen, die in den *banyan trees* der *backwaters* leben. Sie winden sich um Luftwurzeln und ich huldige ihnen, indem ich Curry koche. Die Farbe der Kurkuma, der Gelbwurz, ist nicht lichtecht und verschwindet nach einiger Zeit von selbst. Darin ähnelt sie unserer Verbindung: Sie ist intensiv im Geschmack und verblasst mit der Zeit.

Der kleine Mann bringt mich zum Flughafen, wie er es gewünscht hat. Plötzlich ist er aufgetaucht, verlässlich, wie man es von ihm erwartet. Er ist bleicher als sonst. Ich bedanke mich, indem ich ihm einen meiner *heartstrings* schenke.

Als das Flugzeug über Lichterketten davonschwebt, frage ich mich, wann ich Audrey und Raja wiedersehe. Es werden Jahre sein.

London

CREATURE IN A CAGE

Seit sechs Minuten warte ich, besagt die Uhr, deren herzförmiger Zeiger viel zu langsam an den schwarzen Zahlen vorbeikriecht. Deutlich spüre ich das Flattern an meinem linken Herzflügel. Ich rauche vor einer Station, die niemals schläft, habe bereits neuen Tabak gekauft, das Gebäude erinnert mich an den Ornithopter von Leonardo da Vinci, nur dass die Liverpool Station nicht fliegen kann, sondern ich.

Millionen Menschen laufen, schlendern, spazieren, eilen vorbei, ich warte im Rauschen ihrer Flügel. Dieser Tage werde ich Raphael und William treffen, zwei Fliegende mit einer Herzklappe schlagen. Mein Herz kommt nicht zur Ruhe, ich frage mich, ob etwas nicht stimmt, oder ob ich einfach zu viel rauche.
In den vergangenen Jahren ließ ich seine Funktion von einem Spezialisten prüfen, der Saugnäpfe auf meine Brüste klebte. Vorne lauschte er und hinten, presste das kalte Metall auf meine Haut, so fest, als wolle er mir den Brustkorb sprengen. Dann sagte er: Sie haben noch etwa 40 Jahre zu leben.
Bullshit, sagte Raphael, als ich ihm davon erzählte, *your heart is a wild creature, that's why it lives in a cage.*

Unsinnigerweise warte ich darauf, dass mein Herz aufhört zu schlagen, nur für einen Moment, doch es klopft und pocht ohne Unterlass, auch später, als einer auf mir liegt. Nicht jedem erzähle ich, dass mein Herz fehlbar ist, doch in London, in London wissen es alle.

Der herzförmige Zeiger besagt, dass ich seit neun Minuten warte.
Bald wird Raphael kommen. Bald, das ist ein dehnbarer Begriff. So gedehnt wie die Verstrebungen des Glasdaches, das sich bogenförmig nach außen und unten neigt. Sanftes Licht auf Zügen und Menschen. Langsam verlöscht es, wird ersetzt von einem lichtlosen Schimmer. Ich nehme die schwarze Tasche von meiner Schulter, die ich für dieses Wochenende gepackt habe. Viel zu schwer, weil ich nicht wusste, was mich erwartet.
Ich kreise vor dem Gebäude, vorbei an übervollen Mülleimern, Obdachlosen, Bankern, Polizisten. Drehe mich im *big smoke*, dem Dampf einer vietnamesischen Garküche, dem süßlichen Duft eines Blumenkiosks voller Rosen und Sonnenblumen. Man bittet mich um Kleingeld, Mitgefühl, eine Zigarette.

Raphael ist ein Paradiesvogel mit knallroten, glänzenden Schuhen an den Füßen und einem leuchtend gelben Schal um den Hals. Seine schwarzen Locken springen wie er, niemand wird sie bändigen, außer man schneidet sie ab. Seine Füße kennen keine Schwerkraft, in seinen Beinen wohnen Seepferde, die ihn tänzeln lassen,

immerzu, daran ändert auch sein Bauch nichts, der ein Stück unter dem Wollpullover hervorsteht.
Wir tragen dieselbe Glücks-DNA, ich glaube, es liegt an unserer Herkunft: Er ist Israeli, ich bin Österreicherin. Durch diese Herkunft tragen wir beide Schuld und Unschuld unserer Ahnen im Genom, haben eine inhärente Strategie zum Glück in uns. Daran erkannten wir uns gleich, in Indien.
Er hat mein Herz im Sturm erobert, einem Sandsturm, in dem ich nichts und niemanden sah, als er beiläufig sagte: *You have to be nice to yourself,* wusste ich, das ist mein Glücksmensch. Jetzt umarmt er mich, zielt mit seinen Lippen in die Luft und zieht mich über die Straße. Mit Raphael erlebe ich London, als hätte ich dort einen Alltag.

Ich laufe mit ihm die Straße hinab, weil ich hier wohne, habe einen Weg und ein Ziel: seine Wohnung. Laufe so schnell wie er, den Rhythmus dieser Stadt in meinem Herzen tragend, den schnellen Beat der immerwährenden *rush hour,* den Antrieb, noch schneller zu sein. Gebe nach außen vor, lässig zu sein, wie die Frau vor uns: bauchfreies Top, Plateauschuhe, schwarze Jeans und dichtes Make-up. Im nächsten Atemzug verschwindet sie, ist in die Bahn gestiegen und fort.
Bahn und U-Bahn nimmt man, wenn man Geld hat. Hat man keines, nimmt man den Bus. Auch der bringt einen in die *city,* die überall ist, getrieben von *happenings*, von all dem, was passiert: Konzerte, Installationen, Aus-

stellungen, Shows, wie die des Performance-Künstlers David Hoyle, der seine Alkoholsucht *on stage* verarbeitet und sich einen Finger in den Anus steckt. Für Tabus hat man keine Zeit, man ist zeitgleich überall, Brian Eno sei auch da gewesen, sagt Raphael, als wir das Theater verlassen.

Sein Zuhause ist ein Vogelnest aus Licht. Es hat eine Tür, die man anheben muss und Fenster, die nie ganz schließen. In diesem beständigen Luftzug sitzen wir und löffeln afrikanischen Bohneneintopf, den er soeben erfunden hat. Seine koreanischen Freunde sagen, sein Kimchi schmecke wie das ihrer Mütter.
Neben einer Leidenschaft für die Küchen dieser Welt hat Raphael auch eine für das Online-Dasein. Ich kenne nicht viele, die jede Sekunde ihres wachen Lebens in sozialen Medien verbringen, dabei ist er auch offline nicht unsozial: Trifft am Morgen, zu Mittag und abends Freunde, nimmt an Meetings teil, bringt selbst gebackenes Fladenbrot in die Gemeinschaftsküche des *borough*. Doch sobald es WiFi gibt, verschwindet er, und man trifft ihn auf Facebook oder Skype wieder.

Raphael kann E-Mails beantworten wie andere sich die Nase putzen.
Er hört ausnahmslos israelische Nachrichten, stündlich, abwechselnd mit den britischen Charts. Die Titel auf dem Bücherregal in seinem Zimmer lauten: *The Art of Extreme Self Care, The Anatomy of the Spirit, You*

Can Heal Your Life. An der Wand neben der Tür klebt eine Postkarte, auf der ein Tänzer im Engelskostüm eine Zigarette an einer Bar raucht. Dieser Tänzer sieht Raphael täuschend ähnlich: gedrungene Statur, kräftige Beine und ein runder Kugelbauch über dem Tutu. Bei Raphael flattert mein Herzflügel zaghaft, ist ruhig in seiner Gegenwart.

Raphael und William kenne ich aus Indien. Beide sind zwanzig Jahre älter als ich. Beide wohnten in meinem Zuhause, monatelang, saßen an meinem Frühstückstisch und abends beim Kartenspiel, wenn ich in der Hängematte lag. Beide habe ich nicht gleich bemerkt, erst spät sind sie mir aufgefallen, erst, als sich mein Sandsturm legte und ich erkannte, wo ich war: im Paradies.
Später wohnten sie neben mir, der eine links, der andere rechts.
Raphael und ich, wir legten einander heimlich Geschenke vor die Tür, wie es Herzenszwillinge tun: Mandarinen, winzige Bananen, Schokolade.
Bei William wusste ich gleich, worauf er hinauswollte, das Einzige, über das er sprach, das Menschsein für ihn ausmachte: Ficken und Fressen.
Raphael und William, sie beide wohnen in diesem London, das ich immer wieder besuche, in dem ich nie bleibe, wenige Straßen voneinander entfernt, doch sie treffen einander nicht.

Später sehe ich Raphael durch den Türspalt, eher Teile von ihm: einen Fuß mit gestreiftem Socken, ein Haarbüschel, eine Hand. Dabei ist er längst an einem anderen Ort, wo, kann ich nicht genau sagen. Die Farben an der Wand geben einen Hinweis darauf: gelbes und blaues Flackern, ich höre die Stimme eines Nachrichtensprechers.
Raphaels Berufung ist es, Menschen zu helfen. Weil er selbst in den Krieg ziehen musste, zieht er nun aus, um Frieden zu bringen, ist ein selbst ernannter *Ambassador of Peace,* ein Diplomat für den Frieden, Freude und Eierspeise, die er täglich zum Frühstück zubereitet.
Während wir sie mit Erdbeeren und Café Latte verspeisen und er weiter Nachrichten hört, die ich nicht verstehe, legt er uns eine Orakelkarte für den Tag. Meine besagt, ich solle mich mit angenehmen Menschen und Situationen umgeben.
Was ich mich frage, ist, warum Raphael nicht in einer angenehmeren Gegend wohnt.
In der nicht zu viele Menschen in winzigen Wohnungen leben, in der man nicht Blumen ablegt an den Laternen für die, die ermordet wurden. Als ich ihn danach frage, sagt er, er wolle der Wirklichkeit der Menschen nahe bleiben. Und zeigt mir dann kichernd das Musikvideo von Willow Smith, die ihren langen Zopf durch die Gegend schwingt.

Raphael wusste von meinem Sandsturm, ohne dass ich ihm davon erzählt habe.

Er wusste, dass mir dieser Sturm Sicht und Boden unter den Füßen genommen hatte, dass ich deshalb nach Indien geflogen war, in dieses Land, dessen Extreme die eigenen Selbstheilungskräfte anregen, Klischee oder nicht.
In seinem pinken Zimmer saßen wir, an einem kleinen Plastiktisch, hinter dem Regal stieg eine zarte Sandelholzrauchfahne auf. Kristalle, Orakelkarten, winzige goldene Engelsfiguren. Er wusste, was mich berührte, ohne mich jemals umarmt zu haben, und auch, dass dieses erste Indien ein magisches war. Er sagte mir, ich solle länger bleiben, nicht zurückgehen in die Sturmlandschaften. In seinen Augen sah ich, dass es nicht er war, der da sprach, sondern jemand anderes.
Bevor ich Raphael fand, glaubte ich weder an Magie noch an gute Geister, hatte dieses Vertrauen, das ich vermutlich in meiner Kindheit hatte, abgelegt, wie man einen Mantel ablegt, der einem zu klein geworden ist.
Bevor ich ihn kannte, sprach mein Herz nicht in diesen Tönen, flatterte nicht in seinem Käfig, oder vielleicht nahm ich es auch einfach nicht wahr.

Come visit me, too, when you come to London, schrieb William, *I live in a cold house at the end of a cold street*, und ich dachte, es sei eine Untertreibung oder Übertreibung, je nachdem. Übertrieben finde ich zum Beispiel Alarmanlagen, aber in seiner Straße, in der sich das Laub zu unseren Füßen sammelt, als hätte selbst die Bäume der Mut verlassen, wäre ich froh um eine Ganzkörperversicherung.

Zerborstene Fensterscheiben an den Läden, Graffiti an Zäunen, der Beton fleckig und *forlorn* wie sein Jackett. Als wir durch die Haustür treten, sagt er, wir haben hier jedes Jahr drei bis vier Einbrüche, und meint nicht die Nachbarschaft, sondern seine Wohnung. Und ich erinnere seinen Geruch: Rasierwasser, Schweiß und ein bisschen Schlaf.
William ist ein Dandy, ihn zu entschlüsseln erfordert in erster Linie Augenmaß, in zweiter Linie Schlauheit. In meinen Augen ist er der Vergangenheit entschlüpft, mit Hut, Jackett und Stock in der Hand. Selbst in Indien sah er aus wie ein englischer Gentleman, aber nur an der Oberfläche, nahm nie den Hut ab, selbst wenn der Schweiß Halbmonde an seine Stirn klebte. Er gibt vor, ein Zauberer zu sein, doch zaudert in seiner Illusion. Auch mich hat er eingewickelt, in Gespräche und Charme.

Seine Küche ist von einem feinen Fettfilm überzogen, darin ähnelt sie Raphaels. Eine angebrochene Packung Kaffee am Regal, Pillen in allen Größen und Formen. Auf den Bodendielen kleben Kirschkerne, denen ich ins Wohnzimmer folge, steige dabei über faustgroße Löcher. Ich lege meine Tasche auf eine alte Ledercouch und mich selbst dazu, William setzt sich sofort neben mich. Gerade so nahe, dass ich ihn spüre, gerade so weit entfernt, dass es nicht *promiscuous* wirkt, wie es aber gemeint ist.
He's a nice guy, sagt Raphael. *But you need boundaries with him.*

Grenzen, das wusste ich bereits in Indien, habe ich keine, und auch William nicht.

Irgendwann verließ auch er Indien und kehrte zurück nach London.
Irgendwann brannten Autos in den Straßen und Vermummte plünderten die Läden in der Straße, wo er Milch und die Zeitung kauft, und ich tröstete ihn. Wir schrieben uns, obwohl längst Monate, Länder und Meere zwischen uns lagen.
Ich bin gut darin, die richtigen Worte für jemanden zu finden, dem sie fehlen, finde auch Worte, die jemand nicht sagt, aber meint, und solche, die jemand nicht meint, aber ich gerne hören würde. Ich finde auch Zeitungartikel und Links für andere, kleine Sounddateien, Musikstücke. Nach und nach veränderte sich der Ton unserer Nachrichten, wurde tiefer, Oktave um Oktave, und irgendwann landeten seine Worte unterhalb der Gürtellinie.

Er tunkt ein Stück Brot in Olivenöl und ich halte mich an meinem Rotwein fest, während wir über alles Mögliche reden, mögliche gemeinsame Bekannte, die mögliche Gestaltung des Abends, was möglicherweise für diese Zirkusvorstellung wichtig sei, die er organisiert, eine Charity für indische Straßenkinder.
Ich spüre ein leichtes Kratzen an meinem Herzen, das ich nicht identifizieren kann, und erinnere mich daran, dass körperliche Nähe bei mir häufig zu weiteren phy-

sischen Aktivitäten führt. Dass ich mit ihm schlafen werde, weiß ich, noch bevor ich weiß, ob es gut ist, was ich hier tue.
Seine Finger ziehen an meiner Gürtelschnalle, öffnen den Knopf, ich spüre die Wärme seines Bauches an meinem, er hat mein T-Shirt hochgehoben und drückt sich an mich. Seine Stimme ist heiser, seine Worte werden leiser und ich lache, weil er immer noch glaubt, manipulieren zu können.
Ich höre: Das Rauschen der Klospülung, die Schritte des Nachbarn auf der Treppe, das Knacken des Holzes in den Wänden. Höre ihn mit seinen Pillen rascheln, frage mich, was ihm fehlt, ihn stolpern und irren lässt.

Das Selbstverständnis des Nacktseins stellt sich ein, sobald die Entscheidung, Sex zu haben, getroffen wurde. Es ist ein Automatismus: Man zieht sich nicht bei jeder Gelegenheit aus, doch wenn man weiß, man wird mit jemandem schlafen, ohne Umschweife. Dieses Wissen nimmt Hemmungen, falsche Scham oder Koketterie. Man ist praktisch, wenn es darum geht, seine Hüllen fallen zu lassen.
Er knöpft sein Hemd auf und lässt es noch eine Weile an seinen Schultern hängen, legt Kondome auf den Nachttisch, zündet ein Räucherstäbchen an und erzählt mir von Büchern, deren Namen ich sofort wieder vergesse. Ich beobachte ihn, versuche, seine Anziehung auszumachen und eine gute Figur zu machen, während ich mich auf den Laken räkle. Es ist nicht sein Aus-

sehen, das mich anzieht. Es sind seine Worte. Es ist ein Spiel.
Worte schaffen Gegensätze, sind ein Versuch, zu fassen, was nicht greifbar ist, über etwas hinwegzutäuschen, das nicht vorhanden oder in dieser Form nicht verständlich ist. Die Finger seiner rechten Hand öffnen den Verschluss meines BH, während er sich mit der linken Hand am Bett abstützt. Ein wenig ungelenk, und ich lache, weil ich keine Luft bekomme, wenn jemand auf mir liegt, der zu schwer ist.

Natürlich kann ich nicht schlafen neben ihm.
Kann mit ihm schlafen, aber nicht neben ihm, weil er im Halbschlaf spricht und mich mit seinen Worten wachhält. Damit meine ich nicht die unverständlichen Laute, die man im Schlaf von sich gibt, an deren Intonation man ein Geschehen, aber keinen Sinn erkennt. Er flüstert und ich verstehe jedes Wort. Er stöhnt, aber nicht aus Lust, er dreht sich, aber nicht im Schlaf. Und packt mich, aber nicht aus Leidenschaft, sondern weil er sich von meiner Berührung Linderung erhofft.
Ich höre die Menschen auf der Straße gehen, lachen und stolpern. Schaue auf die kiesbedeckte Fläche vor dem unterirdischen Fenster, das Licht der Straßenlaterne blendet. Ein schmächtiger Goldregen wächst dort. Mein Flügel flattert, pocht, sein Schlag hallt in meinem Brustkorb wider, ein Klopfen wie die Hämmer in einem Klavier beim Staccato.

Meine Gedanken drehen sich in Ellipsen, ich lausche, bis der Ton verebbt und an anderer Stelle neu beginnt. Ich bin erschöpft. Nicht körperlich, sondern gedanklich, setze mich in den Garten, lausche dem Verkehr, den Sirenen, den Nachbarn, dem Rascheln des Windes in den letzten Blättern am Kirschbaum.
You heart is a wild creature, sagte Raphael, *that's why it lives in a cage.*

Der Abend bringt laue 15 Grad und große Erwartungen. Ich bringe roten Lippenstift, Pflaster und Bargeld. Bar jeder Zärtlichkeit, Stunden zuvor ausgetauscht, bringe es nicht fertig, ihn vor anderen zu küssen. Ich will, dass dieses Schwingen aufhört, dieses Schwirren, das mich darauf hinweist, dass etwas nicht stimmt.
Man applaudiert ihm.
Man begrüßt und küsst mich.
Man weiß von mir.
Ich bin das Nummerngirl. Williams Nummerngirl. Hätte mir jemand vor drei Jahren gesagt, dass ich diese Rolle einmal tragen werde, ich hätte ihn ausgelacht. Doch jetzt trage ich sein rotes Samtjackett mit Goldkragen herum wie ein Butler.

Der Zirkus findet statt, in rotierenden Hula-Hoop-Reifen, mit surrenden Robotern, raschelnden Lametta-Fäden und Federboas. Man trägt weiße und schwarze Bowler-Hüte, glitzernde Halsketten. Es duftet nach Glühwein, den man am Eingang ausschenkt, und Säge-

späne, die den Boden unter den hölzernen Bänken und die Manege bedecken. Die Künstler, im Scheinwerfer unter dem Chapiteau, sollen das Ganze ins richtige Licht rücken.
Ich rücke von ihm ab, verschwinde zwischen den Sitzreihen, in einen dumpfen Geruch nach Holz und Schmieröl und Schmauch. Ich rauche am Eingang, unauffällig neben dem Pin-up-Girl mit den schwarzen Federn und einem winzigen Zylinder auf der perfekten Frisur. Sie sagt, ihr Name sei Noël und ich muss an die Lichter auf der verschneiten Champs Élysées denken.

Später wartet er auf mich, vor seiner Haustür. Darauf, dass ich mitkomme, sein Bett mit ihm teile, ihm Linderung bringe. Doch mein Gefühl ist leer und kalt wie diese Straße, und mein Herz hämmert fortlaufend. Ich umarme ihn, drehe mich um und folge diesem Rhythmus nach Hause, zu Raphael.
Später erfahre ich, dass er allen davon erzählt hat, dass ich mit ihm geschlafen habe.
The truth is, sagt Raphael, *we all have a mercy fuck sometimes.*
Wir essen Shakshuka, um zwei Uhr morgens, meine Lieblingsspeise, die er gekocht hat, als ich leise die Tür anhob und in sein Wohnzimmer schlich, als hätte er gewusst, dass ich in diesem Moment etwas Warmes, Nährendes brauche.
Du bist nicht verantwortlich für die Herzen der anderen, sagt er. Du musst dich bloß um dein eigenes kümmern.

Island

FLIEGENFISCHEN

Im Umkehrschluss kann ich sagen, dass Alleinsein mein natürlichster Zustand ist. Vielleicht muss sie einfach weit entfernt sein, damit ich sie lieben kann.
Hier, am anderen Ende der Welt, wächst Gras auf den Dächern.
Die Wände meines isländischen Hauses sind mit Steinen durchsetzt.
Ich lese *Quittenstunden*, die Elf-Uhr-Sonne fällt auf Schreibtisch, Ficus und Holzboden, der Wind lässt draußen die Fahnenmasten klackern und klappern.

Mein temporäres Zuhause beherbergt ein Museum und ein Kaffeehaus, liegt nahe einem schlafenden Vulkan namens Snæfell, an einem schlammig weißen See, der nach *hákarl*, fermentiertem Hai, riecht.

Ich müsste mich bloß anziehen, dann könnte ich bis zum nächsten Regenbogen spazieren, ans Ende des Sees, und dabei dem Schnattern der Gänse zuhören, die in Formationen über das Dach ziehen. Doch ich bleibe auf meiner Couch.
Bevor ich meine *residency* antrete, teilen wir für einige Tage ein kleines Zimmer in der Stadt. Wir schlafen in Einzelbetten, über ihrem hängt ein Mobile aus Ästen

und Muscheln. Unsere Wohnung teilen wir mit einer Isländerin, die wir nie zu Gesicht bekommen. Sie hinterlässt uns Nachrichten auf Papier, zum Beispiel: *Please move quietly.* Dabei ist alles zu hören in diesem Haus, auch das Husten und die Gespräche der Nachbarn.

Die Häuser unserer Straße sind in kräftigen Grün-, Blau- und Gelbtönen gestrichen, unseres ist zinnoberrot. Im Vorgarten wächst eher Moos als Gras, die Holzzäune laden eher ein, als dass sie aussperren. Aus Metall sind diese Häuser gebaut, damit sie nicht verbrennen, wenn die Ascheregen vom Himmel fallen. Was wir über isländische Häuser gelernt haben: Wenn das Wasser im Badezimmer länger als zehn Minuten läuft, schwimmt die Küche davon.

Ich brühe Kaffee und Tee auf, bestreiche Brot mit Butter, schneide Tomaten in Scheiben und Käse in Stücke, nehme vorsichtig ein dampfendes Ei aus dem Wasser. Ich mache Frühstück für sie, wie es mein Vater tut. Ihr Appetit entspricht ihrer Art zu leben: hungrig.
Sie wartet auf seine Nachricht, während sie ihr Käsebrot verzehrt, das kann ich sehen, ihr Telefon, das sie sonst nie bei sich hat, liegt neben ihrem Teller.
Unabhängig ist sie, das habe ich von ihr, aber bei der Wahl eines Lebenspartners ähneln wir uns nicht. Denn obgleich sie mit mir reist, ist er immer bei ihr, in Gefühlen und Gedanken.

Bist du so weit, fragt sie. Ich muss sie nicht ansehen, weiß, wie sie die Lippen aufeinanderpresst, weil sie loswill, die Stadt erkunden.
Gleich, sage ich und schlüpfe in meinen Pullover, zeitgleich die Mütze aufsetzend.

Propellermaschinen dröhnen im Landeanflug über die Stadt, während sich erste Sonnenstrahlen auf dem künstlichen Teich spiegeln.
Nebelfetzen ziehen über den nahezu transparenten Himmel, der nicht weiß, welche Art von Wetter er zeigen will: Winter oder Frühling, oder doch noch Herbst. Ein gelber Bus mit Namen *Listabraut* zischt an uns vorbei, bringt kalten, feuchten Luftzug. Auf den Ladeflächen der Jeeps sind Schaufeln und Seile verstaut, die Reifen haben ein dickes Profil.
Weiß gefiederte Schwäne treiben auf dem Wasser, in Grüppchen mit Enten, Brotkrumen erwartend. Am Ufer violette Blüten und hohe weiße Glocken, jede einzelne kennt sie und nennt sie bei ihrem lateinischen Namen. Campanula persicifolia, sagt sie außer Atem und dreht sich um, ihr Rucksack fliegt durch die Luft, bei uns blühen die im Sommer.

Ihren Rucksack trägt sie immer bei sich, dort hat sie das Wichtigste verstaut, dabei braucht sie weder das eine noch das andere, weiß die Wege des Zentrums auswendig, die kurz und wie auf einem Reißbrett angelegt sind. Immer drei Schritte vor mir eilt sie auf den Hafen zu, Fotos schießend, von Graffitis und Blumen, mir die Richtung weisend. Ich kann kaum mithalten, sehe nur ihre grauen Haare wippen und höre das Klackern ihrer Stiefel auf dem Beton.

So vertraut sind mir Anblick, Bewegungen, Stimmlage, an der Art, wie sie ihren Oberkörper nach vorne beugt und sich räuspert, kann ich ablesen, was sie denkt.

Wir sitzen an einem Tisch aus gebeiztem Holz, zwischen uns Messer und Gabeln in einem Körbchen. Man serviert Getränke und Speisen auf kleinen Holzbrettern. Das Essen hier ist typisch isländisch, sage ich, zum Beispiel der Wal.
Wal esse ich sicher nicht, sagt sie und verzieht das Gesicht.
Ich trinke einen Schluck von meinem Tee und frage, ob sie einen Hotdog essen möchte, die hier ebenso typisch sind. Meine Stimme ist so gedämpft wie das Licht. Sie nickt und bestellt ein Glas Rotwein dazu, wie sie ihn zu Hause, jeden Abend, mit meinem Vater trinkt.
Sieht mich an, ein leicht herausforderndes Blitzen in ihren Augen, die grau sind, niemand sonst in meiner Familie hat diese Augenfarbe. Sie sitzen in einem sanften Gesicht, das langsam seine Form verändert, der Schwerkraft nachgibt.

Sie besteht darauf, mich einzuladen, bezahlt bei jeder Gelegenheit. Es ist mir unangenehm, um des Ausgleichs

Willen, seit meiner Kindheit wiederholt sie: Es muss ein Geben und ein Nehmen sein. Doch ich bin zu langsam, vielleicht beherrscht sie auch einfach den Alltag besser als ich.

In Island bezahlt man alles mit Karte: einen Cappuccino und zwei Zimtröllchen, goldenes Plastik gezückt, drei Postkarten und einen Sack Äpfel, *augnablik,* sagt das kleine Gerät und der Verkäufer, *your signature, please.*

Per Karte bezahlen wir auch Tickets für den *Golden Circle* und die Reykjavík Card, mit der wir die Museen und Swimmingpools der Stadt besuchen können.

Neben uns im 38 Grad heißen Wasser, unter freiem Himmel: ein hagerer Mann mit rotem Krausebart, der sich mit geschlossenen Augen am Beckenrand festhält, mehrere blonde Teenager-Mädchen in identischen Badeanzügen, die durch das Sportbecken kraulen, zwei ältere Damen mit Badehauben, die neben uns treiben.

Sie sprechen diese Sprache, die mich dem Lautbild nach an knorrige Wurzeln, feuchtes Moos und Schlammlöcher erinnert, die sich seit tausend Jahren in ihrem Schriftbild kaum geändert hat. Islands Geschichte ist unmittelbar mit seinem Alltag verbunden. Dies ist begreifbar an der Dokumentation der Vulkanausbrüche von Hekla, Katla oder Grímsvötn, die das Land in Schutt und Asche legten und noch immer nicht schlafen.

Die Außentemperatur liegt knapp über Null. An einem großen Ziffernblatt verrinnen die Sekunden.

Gehen wir, sagt sie, ich habe Hunger und es ist schon spät. Geregelte Mahlzeiten sind in meiner Familie üblich.
Nacktsein ist in den Duschen Pflicht.
Wasser strömt aus kleinen Düsen an der Wand, benetzt die Bodenfliesen, von Geothermik erwärmt. Nach dem Duschen gehen wir in Richtung Umkleiden. Plötzlich greift sie nach der Wand.
Mir ist schwindlig, sagt sie und setzt sich auf die Holzbank. Ganz blass ist sie, und mein Herz macht einen Satz, und ich sage, sie solle doch nicht so schnell gehen, wenn wir so lange im warmen Wasser gesessen sind.
Lass mich, sagt sie und verscheucht mich.
Am Abend schläft sie lange vor mir ein, das Telefon neben dem Bett, ich sehe, wie sich ihre Decke auf und ab bewegt.

Wir warten vor einem Hotel, hinter dessen Fenstergläsern Touristen Pfannkuchen essen. Der Tag beginnt mit einer Sonne, die die Wolken auflöst, doch die Luft nicht erwärmt. Einer Busfahrt über sanft abfallende grüne Hügel, aus denen Dampfkringel aufsteigen. Der *Golden Circle* ist die *main tourist attraction*. Von der Erdbebenzone zu den Geysiren, über den Wasserfall zur Allmännerschlucht.
An einem Parkplatz werden wir angehalten, knusprige Zimtkringel zu essen und milchigen Kaffee zu trinken. Auf den Bechern steht: *Willkommen im Erdbeben-Museum*. Wir fahren landeinwärts, über schwarze Lavafelder, an verdorrten schwefelfarbigen Grasflächen vorbei. Dann und wann tauchen verlorene Felsblöcke auf,

und Schafe in Trios. An einer Kreuzung, aus dem Nichts auftauchend, biegen wir ab. Moose und Flechten tauchen auf, ein Teppich aus gelbem und braunem Muster, rosafarbene und weiße Blütenformationen.
So schön, sagt sie und: Dein Vater wäre entsetzt, wie schnell die hier fahren.
Können wir ein bisschen schauen, ohne reden?
Sie starrt mich mit zusammengekniffenen Augen an.
Milde Luft empfängt uns, als wir aus dem Bus steigen und in einen Geruch nach Kräutern eintauchen. Erst an der weißen Kirche mit den türkisfarbenen Fensterläden hole ich sie ein.
Wollen wir nicht gemeinsam gehen?
Ich dachte, du willst deine Ruhe haben, sagt sie.

Um den Friedhof laufen Bäche auf den See zu, von Büschen beschattet, Schilf an seinen Ufern. Wir spazieren in sicherem Abstand zum Wasser und zueinander auf die Schlucht zu. Unten blaugrün schimmerndes Nass, glitzernde Münzen, ein schnorchelndes Geräusch, ein schwarzer Taucher zieht neben uns durch.

Þingvellir heißt dieser Ort, Versammlungsstätte.
Dort, wo Europa und Amerika auseinanderdriften, am größten Binnensee Islands, fällte man mit Blick auf einen Schildvulkan Urteile, vor eintausend Jahren. Jetzt liegt zwischen zwei zerklüfteten Felsmauern ein für Touristen asphaltierter Weg.
Runde Felsen auf der einen Seite, rissige Kanten und

Felsvorsprünge auf der anderen. Auf diesem Weg stehen wir, zwischen den Kontinentalplatten, und sie schließt die Augen.
Spürst du das?, fragt sie und ich nicke.

Wir sehen auch: den Wasserfall Gullfoss, ein Rauschen, so mächtig, dass die Erde selbst zu sprechen scheint. Unseren ersten Gletscher gleich dahinter, eine weiße Linie, vom Horizont nicht zu unterscheiden. Eine Halluzination, von der die Isländer sagen, man höre sie singen. Einen Geysir, der in unregelmäßigen Abständen heißes Wasser in die Luft prustet.

Acht Uhr Abfahrt, sagt sie, bevor sie einschläft, den Reiseführer auf der Brust.
Es ist zwanzig vor acht. In der Küche dudelt das Radio, erste Sonnenstrahlen, Butterbrot mit Ei, schwarzer Kaffee im Gehen. Ich packe ein: Äpfel, Kekse, Schokolade, eine Thermoskanne mit Tee. Laut Internet sind es sechs Stunden.
Es ist ganz simpel, sage ich, während sie ihr Brot in kleine Stücke schneidet und diese verschlingt, wir fahren die Küste entlang, unterwegs machen wir eine Kaffeepause.
Sie nickt und kaut.
Möchtest du zuerst fahren oder soll ich?
Egal, sagt sie und drückt auf ihr Telefon. Papa sagt, es regnet zu Hause.
Ich habe Äpfel und Kekse eingepackt, sage ich.
Er holt mich am Flughafen ab, sagt sie.

Ihre Hand umklammert den Seitengriff.
Hier abbiegen, sagt sie. Die nächste rechts.
Sie schaut angestrengt nach vorne, dann wieder auf die Karte. Ihre Hand ist knochig geworden. Weiß treten die Knöchel hervor, Pigmentflecken auf der Haut. Sie schießt ein Foto nach dem anderen.
Halt an, sagt sie, das muss ich dokumentieren.

Wir erreichen die Hauptstraße nach gefühlten drei Stunden, fahren von Fjord zu Fjord, verlassen die Küste landeinwärts. Das Meer bleibt im Blick. Wolken treiben darüber hinweg wie eine Herde grauer Tiere, laufen über das dunkle Wasser, das nicht dem entspricht, wie wir es kennen: An den Stränden treibt uns der Eiswind schwarzen Sand ins Gesicht, wir finden Knochen und Skelette von Fischen und Vögeln in der Brandung. Einzig die Steine liegen gut in der Hand, rund und glatt poliert.
Wir spazieren ein paar Meter hin und her, saugen frische Luft ein, die unsere Wangen rot färbt.
Schön, mit dir hier zu sein, sagt sie plötzlich und drückt mir einen Kuss auf die Wange.

Laut Internet ist es nur noch eine Stunde bis Jökulsárlón, sage ich, als wir wieder einsteigen.
Wir haben schon zwei Stunden länger gebraucht als geplant, antwortet sie.

Im Beisein eines enormen Regenbogens erreichen wir unser Ziel.
Die Gletscherlagune Jökulsárlón liegt am Südrand des Vatnajökull, Islands größtem Gletscher. Dieser strömt in Moränen herab, von schwarzen Steinwüsten durchsetzt, eine schmutzig weiße Fläche, die sich nicht verändert und doch Kinder zeugt, aus sich selbst heraus.
An der Zufahrt zur Lagune parkt ein Dutzend Reisebusse. Ein junger Mann mit Russenmütze wartet am Straßenrand. *To Reykjavik?*
Weil niemand anhält, zieht er sich bis auf die karierte Boxershort aus und springt in den See. Um ihn schwimmen in einem weitläufigen Becken Eisschollen. Sie treiben in dunkelgrauem Wasser wie türkisfarben leuchtende Zuckerwatte, grau marmorierte Würfel, aus dem Muttereis gefallen, auf das offene Meer zu, immer auf das offene Meer zu.

Wir stehen auf einem Hügel, nebeneinander, am Himmel Wolkenschemen, kalter Wind fährt in Ritzen und Ärmel, unter die Kapuzen. Es riecht nach Schnee und Kohle. Hybridfahrzeuge im Wasser, die surrend an Land fahren, Dutzende orange Touristenrettungswesten. Anthrazitfarben glänzen Robben an Eisbergen, ein Schauspiel für die, die sich die Finger wundknipsen. Auch wir schießen Fotos voneinander und füreinander.
Zweimal sechs statt drei Stunden brauchen wir, ohne Pause.

Als wir in meinem Haus mit dem Grasdach ankommen, ist es längst dunkel.

Im Hintergrund rauscht die Dusche. Ich schneide Gemüse. Sie betritt die Küche im Bademantel und späht über meine Schulter.
Das sieht gut aus, sagt sie, ich helfe dir gleich.
Kein Problem, sage ich.
Lass uns gemeinsam kochen, sagt sie, das wäre ein schöner Abschluss.
Darf ich bitte für dich kochen, sage ich.
Wieso hast du mich überhaupt eingeladen, wenn du immer allein sein willst, sagt sie.

Ich schalte den Ofen aus und warte.
Die Digitalanzeige steht auf 21.30 Uhr. Dann 21.45 Uhr.
Ich klopfe an die Tür.
Es ist dunkel, bis auf das Licht der Straßenlaterne im Fenster.
Auf der Couch sehe ich sie sitzen, das Telefon in der Hand.
Kommst du kochen, frage ich leise.
Ich habe keinen Hunger mehr, sagt sie.
Ihre Stimme ist belegt.
Entschuldige.
Ich setze mich zu ihr, streiche über ihre Schulter.
Ich hab das nicht so gemeint. Ich bin müde. Ich bin es nicht gewohnt, dass …
Sie macht Licht.

Wenn du nicht mit mir reisen willst, dann frag mich nicht, ob ich mitkomme, sagt sie.
So stimmt das doch nicht, sage ich.
Ich schweige, wir schweigen.
Es ist mir unangenehm, dass du alles bezahlst.
Aber es ist doch gut gemeint.
Weißt du, sage ich, ich mache mir ständig Gedanken, ob du zufrieden bist.
Aber du bist doch mein Kind, sagt sie, nicht umgekehrt.

Die Isländer sagen, Borgarfjörður Eystri sei ein magischer Ort.
Laut Internet dauert die Anfahrt zum Palast der *hidden people* eine Stunde. In Wirklichkeit sind es drei Stunden, in denen wir Serpentinen hinauf-, an Vulkankegeln und einsamen Bauernhöfen vorbeikriechen. Wir fahren zum Álfaborg, dem Palast der Elfenkönigin, an unserem letzten gemeinsamen Tag.
Die Elfenkönigin wohnt auf einem Felsen, 30 Meter hoch, in ein grünes Meer eingeschlossen. Schmale Pfade führen von allen Seiten an seine Spitze, winzige rosafarbene Blüten bedecken seine Oberfläche. Oben ist es warm und ruhig.
Wir liegen nebeneinander, auf den Felsen, mit geschlossenen Augen, lauschen dem Rauschen des Meeres, von der Küste herangetragen. Zum ersten Mal, seit wir hier sind, sind wir zufrieden.
Sie greift nach meiner Hand. Ich erwidere den Druck.

Bevor sie in das Taxi steigt, das sie zum Flughafen bringt, winkt sie, auch, als sie mich schon längst nicht mehr sehen kann.

Wir schreiben uns Nachrichten. Vielleicht muss sie einfach weit genug entfernt sein, damit ich sie lieben kann. Wir teilen ein Gesicht, herzförmig und rund. Es behält seinen kindlichen Ausdruck, egal wie alt wir sind.

Hier, am anderen Ende der Welt, wächst Gras auf den Dächern. Die Wände meines isländischen Hauses sind mit Steinen durchsetzt.
Von meinem Fenster sieht man außerdem einen Parkplatz, ein Kräuterbeet, den Anfang einer Birkenallee, die spärlichen Überreste eines mittelalterlichen Klosters, ein Glänzen, den See. Dort unten gräbt ein Bagger ein Loch, tagein, tagaus.

An manchen Tagen reitet ein Mädchen auf einem schwarzen Islandhengst an meinem Fenster vorbei, ohne Sattel, nur mit Zaumzeug, ihre hellblonden Zöpfe fliegen im Wind. Wohin sie reitet oder warum sie ausgerechnet vor meinem Fenster vorbeijagt, kann ich nicht sagen. Ich frage sie nicht.

Brasilien

DIE HEIMAT DER KOLIBRIS

Ein Geruch nach Filterkaffee breitet sich in der Kabine aus, während meine Sitznachbarin drei Flugzeugdecken in ihrer Tasche verschwinden lässt.
Ich frage mich, ob man jemals Flugzeuge erfinden wird, in denen die Menschen nach dem Boarding in eine Schlafkoje kriechen, übereinander gestapelt, und dann eine Pille schlucken, um zu schlafen, bis sie ihre Destination erreicht haben.
Paris to São Paulo, in a dream.

Meine Sitznachbarin ist *sophisticated,* aber *hippy*, ihr Gesicht ist ein hundert Jahre alter Apfel. Als sie sieht, dass ich wach bin, beginnt sie sofort zu reden, auf Englisch und Französisch gleichzeitig, vom Dschungel, in dem sie wohne, *na floresta,* von ihren Häusern und Gärten, in denen Kolibris wohnen.
Caroline lädt mich ein, sie zu besuchen, im Dezember, wenn ihre Tochter käme, die wie ich eine Meerjungfrau sei. Sie sagt es, als gäbe es keinen Zweifel daran.
Wir verabschieden uns am Flughafen von São Paolo. Ich habe sechs Stunden Wartezeit vor mir, mit Palmen vor den Fenstern, habe es geschafft, bin auf der anderen Seite der Welt angekommen, nicht in den Atlantik

gestürzt und ein Teil von Korallen, Fischen und kaum hörbaren Unterwassergeräuschen geworden.

Ich halte mich an meiner Handtasche fest, die mit Büchern gefüllt und viel zu schwer ist, und schieße ein Foto meines Kaffees mit einer Palme im Hintergrund. Ich schicke dieses dann ins Internet, um mich nicht allein zu fühlen. Die ersten zwanzig Likes geben mir tatsächlich ein Gefühl der Verbundenheit. Es hält so lange an, bis das Gratis-Internet ausgeschaltet wird. In meinem Notizbuch finde ich zwei Telefonnummern von Caroline, als hätte sie gewusst, dass ich anrufen würde.

Bis zur Tür sind es zehn Schritte, vielleicht fünfzehn.
Bis der Alarm wieder angeht, sind es fünf Sekunden, vielleicht sieben.
Wi nimmt den Plastiksack an sich, hechtet die Treppe vor dem Haus hinauf, zwei Stufen auf einmal nehmend, wirft den Sack durch den Spalt der Gittertür, und springt keuchend, aber seltsam elegant, hindurch. Mit einem *Klonk* fällt die Tür ins Schloss. Mit einem *Piep* leuchten zeitgleich vier rote Lämpchen in der Einfahrt auf.
Geschafft, sagt sie und wir schlagen ein.

Mit Wi teile ich mein brasilianisches Zuhause, das Ipanema heißt.
Ipanema ist ein Apartment-Komplex, von drei Meter hohen Mauern umgeben, mit Stacheldraht eingezäunt.

Die Sicherheit dieses Zuhauses wird durch eine Alarmanlage gewährleistet.
Dieses Jahr, sagt Wi, habe es nur vier Einbruchsversuche gegeben.
Wi ist meine Nachbarin, doch die Grenzen sind fließend, wenn man gemeinsam fremd ist. Man muss näher rücken, vielleicht auch jeden Tag miteinander verbringen, um sicherzugehen, dass man noch da ist.
Wir gehen miteinander einkaufen, als deutschsprachiges Team, verabreden Treffpunkte am Ausgang, um einander nicht zu verlieren, bleiben immer zusammen. Kontrollettis nennt uns Wi und ich versichere ihr, dass sie die erste Deutsche sei, über die ich mich auf meinen Reisen freue. Meistens gebe ich vor, nichts zu verstehen, sobald ich unsere Sprache höre, weil ich lieber das Fremde finde als Menschen aus meinem eigenen Kulturkreis.

Der Himmel über Curitiba ist so dunkel, wie er es nur in Brasilien um fünf Uhr morgens sein kann, in Erwartung dieser gleißenden, heißen Novembersommersonne. Ein zarter, graublauer Ton, der die Lichter der Laternen, der Autos, der Tankstellen verspottet. Die Straßen sind von streunenden Hunden und rasenden Taxis bevölkert, manchmal schiebt eine Gestalt einen Einkaufswagen vorbei, in dem sie ihr gesamtes Hab und Gut bewahrt.
In einer von Neonlicht beschienen Röhre wartet jemand auf den Bus. Im Taxiradio amerikanische Charts mit brasilianischen Zwischentönen.

Immer überlasse ich das Reden Wi.
In diesem Moment erklärt sie dem Taxifahrer den schnellsten Weg zum Busbahnhof. *Gente*, sagt Wi oft und schüttelt den Kopf, sagt es in dieser Sprache, die mir unverständlich ist, außer sie kommt aus ihrem Mund. *Gente*, sagt sie, Leute, und meint damit Fremde und Freunde gleichermaßen.

An meinem ersten Abend klopfte sie an meine Tür, die langen blonden Haare zu einem Pompon gedreht, das asymmetrische Kleid gekonnt um den Körper gewickelt. Arme und Beine von winzigen Tätowierungen bedeckt. Kristalle, Monde, Sonnen, Comicgesichter. Ich fragte mich, ob das der Stil der Expats sei: cooler als cool zu sein. Wiebke, stellte sie sich vor, aber alle sagen Wi. Ich bin Grafikdesignerin und mache hier ein Praktikum. Hab vorher in deinem Zimmer gewohnt.
Sie erzählte mir auch, dass sie in Brasilien jede Woche zur Pediküre gehe und sich ihren gesamten Körper wachsen lasse, auch hintenrum und untenrum.
Ganz normal hier, sagte sie, und dass ich doch das nächste Mal mitkommen solle. Ich ziehe den Schmerz einer Ganzkörperenthaarung in Betracht, zumindest für einen Moment.

Jetzt ist es so früh, dass ich kaum stehen kann, doch am Busbahnhof wartet man bereits schwatzend, frittierte Teigwaren essend, viel zu süßen Kaffee trinkend.
Wi ist wie immer makellos gekleidet: dunkelbraun ge-

musterte Stoffhose, schwarzes Oberteil, Brille mit Holzgestell auf der Nase. Ihre Zehennägel leuchten in perfekter *french manicure* über dem schmutzigen Boden.
Wir suchen nach unserem Busunternehmen, in Brasilien orientiert man sich nicht an Plattformen, sondern der richtigen Firma. Unsere hat einen Frauennamen.
Hinter der Glaswand warten Überlandbusse nach Florianópolis, Blumenau, Rio de Janeiro, in roter Leuchtschrift. Distanzen, die man in Europa fliegt, fährt man in Brasilien mit dem Bus. Auch wir haben eine lange Reise vor uns: sechs Stunden bis São Paolo, vier Stunden zu Caroline.

Im Bus falte ich mich nach Origamiart in meinen Sitz und wünsche mir eine dieser Pillen, die noch niemand erfunden hat. Wi ordnet ihre Tasche und dann essen wir Tomatenbrot, um uns Mut zu machen. Tomatenbrot ist ihre Mutmacherspeise.
Sie hat es mit ihrem Vater erfunden, auf gemeinsamen Reisen. In Vietnam, Kambodscha, Namibia sind sie gewesen, Papa und sie, überall haben sie Tomatenbrot gegessen. Ich glaube, ihn vermisst sie am meisten. Über ihn spricht sie, während wir gegrilltes Weißbrot mit Tomatenscheiben verspeisen.
Habe ich dir die Geschichte mit der schwarzen Mamba erzählt, fragt sie kauend, und wirft ein Stück Alufolie in den Sack zwischen uns, der nur mit Essbarem gefüllt ist. Als Papa unbedingt eine schwarze Mamba sehen wollte, in Afrika.

Ich nicke und denke, dass jeder manchmal ein Gefühl von Heimat braucht, auch Wi, und auch ich.

Meist erschafft sich Wi dieses Gefühl mit Hausbrot. Hausbrot mit Kümmel, wie sie es in Ipanema bäckt, wenn sie Sehnsucht nach richtigem Brot hat, wie alle Auslandsdeutschen, -österreicher und -schweizer.
Mir hat österreichisches Brot nie gefehlt, vielleicht, weil ich als Kind zu viel davon aß. Dieses Brot zu vermissen würde bedeuten, dass mein Magen noch auf Mutter- und Vaterland geeicht ist, dieses Brot, es liegt mir wie ein Stein im Magen.

Wir kochen gemeinsam, Wi und ich, vor allem in den letzten beiden Wochen. Quinoa und Reis mit Tomaten oder Kokosraspeln. Gurken und Paprika. Frische Mangos und Papayas, viel zu grüne Bananen. Dazu trinken wir schwarzen Kaffee oder Tee mit Zitrone. Keinen Zucker, kein Salz, keine Gewürze, keine Milchprodukte. Der Grund dafür ist Caroline und das Fest, zu dem wir sie besuchen.

Ich habe Caroline über Skype angerufen.
Obwohl mir wenig so unangenehm ist wie zu telefonieren, obwohl es mir körperlich unangenehm ist, darauf zu warten, dass jemand abhebt, habe ich auf den grünen Knopf gedrückt und Carolines Gesicht ist erschienen, verteilt auf hundert kleine Pixel.
Ça va, mon amie, hat sie mich gefragt, und nach eini-

gen Leerstellen in Gespräch und Verbindung haben wir uns unserer Aufregung darüber versichert, dass ich sie tatsächlich besuche. Gegen Ende habe ich gefragt, ob ich jemanden mitbringen dürfe. Jemanden *de confiance,* jemanden, dem ich vertraue.
Eine Freundin, die die Erfahrung teilen wolle.
Dabei hat Wi wesentlich mehr Ahnung von dem, worauf wir uns einlassen.
Bereits vor zehn Jahren hat sie sich damit beschäftigt. Sie weiß Fakten, Erlebnisberichte, weiß um die Bedeutung dieser Erfahrung. Ich stelle, wie meistens, nur den Kontakt her.

Ich habe das Internet dazu befragt. In Brasilien gibt es drei Kirchen und einige kleinere Organisationen, die Elemente des christlichen Glaubens mit indigenen Überlieferungen vereinen. Die älteste Kirche dieser Art heißt *Santo Daime* und wurde in den 1930er Jahren von Raimundu Irineu gegründet.
An diesem Sonntag feiern wir Mestre Irineu, sagte Caroline. Die Messen, bei denen *Daime* getrunken wird, nennt man *trabalho*, Arbeit.
Wir werden elf Stunden lang arbeiten, sagte Caroline.
Elf Stunden Arbeit mit einem Sakrament, dessen Bestandteile dieselben Stoffe im menschlichen Körper freisetzen wie bei Geburt und Tod. Das in Europa aufgrund ebendieser Bestandteile verboten ist. Von dem Wi sagt, es sei so etwas wie die Verbindung mit dem Kosmos herzustellen.

Sie hat den Kopf ans Fenster gelegt und schaut in die Cerrado, die brasilianische Savanne, Landschaft aus verdorrten Gräsern, kriechenden Bäumen und standhaften Palmen, helles Grün, vereinzelt pinke Blüten im Gebüsch. Seit mir Caroline Kolibris in den Kopf gesetzt hat, suche ich nach ihnen, zwischen den Büschen und Blüten, suche nach diesem reglosen Flattern, das Magie und Zauber verspricht.
Wie froh ich bin, Wi bei mir zu haben, und ihre stabile, deutsche Kontrolletti-Art. Die weiß, dass man hier Bustickets einen Tag vorher holen muss, die mit dem Taxifahrer und dem Busfahrer spricht, die Schilder am Busbahnhof in São Paulo lesen kann. São Paulo, diese Stadt, die für mich immer nur ein Herz, aus der Luft gesehen, sein wird.

Wi liebt Geschriebenes, Bücher, am liebsten handgemachte, in ihrem Kopf entworfene, mit ihren Händen gebundene. Sie ist nur ein paar Jahre hinter mir im Lebensplan, in der Phase, wo es Studienkollegen und Hauspartys gibt, doch im Sinne der Eigenverantwortung, im Sinne einer Eignung für dieses Leben, ist sie mir haushoch überlegen.
Nicht, weil ich versuche, einen gestreiften Plüschtiger für fünfzig Réais aus einer Glaskugel zu fischen, sondern weil ich nicht aufhören kann, an das Unmögliche zu glauben, an die Möglichkeit von Wundern.
Wie man eine zehnstündige Reise ohne Klimaanlage überlebt, kann ich im Nachhinein nicht mehr sagen.

Möglicherweise hat mich die beständige Suche nach einem WiFi-Signal davon abgelenkt oder die Unfälle der Holztransporter, die wir zerbröselt am Straßenrand liegen sahen, oder die Kommentare meines männlichen Sitznachbarn über die Löcher an der Hinterseite meiner Hose.

Der nächste Busbahnhof ist eine Wartehalle samt *lanchonete* mit frittierten, süßen und salzigen Snacks, einem Laden mit Souvenirs, drei geschlossenen Läden und einem alten Wahltelefon ohne Anschlusskabel. Seine Farben sind moosgrün, dunkelblau und knallgelb. Die Schilder der Läden sind handgeschrieben.

Es ist schwül, nahe am Regen, der Himmel dunkelgrau.

Vor mir wartet ein Mädchen in engen Jogginghosen, die jede Ausbuchtung und Delle ihres jungen Körpers zeigen. Ihre Fingernägel, mit roter Farbe bemalt und goldenen Steinchen beklebt, sind länger, als meine je werden können.

Hier wartet man nur auf den Bus, sage ich.

Oder den Tod, sagt Wi.

Sie unterhält sich auf Portugiesisch, mit allen, denen sie begegnet, mir nichts, dir nichts, weltmännisch wie es eine allein reisende Frau eben tut. Mit neunzehn hat Wi ein Jahr allein in Chile gelebt, jetzt spricht sie mit Caroline und ihrem Mann, in dessen Mini-Jeep wir uns gequetscht haben, in dieser Sprache, die melodiöser wird, je länger ich sie höre.

Ich halte mich an meine Geheimsprachen, Deutsch für Wi und Französisch für Caroline, versenke meinen Blick in die vorbeiziehende Landschaft, in Erwartung der kleinsten Vögel der Welt.
In Südamerika gilt der Kolibri als Bringer von Sonne und Liebe, man sagt, er könne auch Seelen zurückbringen.

Die Cerrado ist dem Wald gewichen: Alles atmet Feuchtigkeit, Wachstum, Überfluss und Verfall, wächst in mehreren Schichten, zeitgleich, kolossal, farbenreich. Lianen und Luftwurzeln durchziehen das Grün, eine geschlossene Decke nach obenhin, feuchtes, schattiges Mikroklima, in dem ich kaum atmen kann. Bis zu sechzig Meter wachsen die Bäume hoch, ich stelle mir vor, wir sind winzige Käfer, die eine Schotterstraße entlangkriechen.

Der Mata Atlântica, berichtet das Internet, sei ein Mosaik aus Regenwäldern, Laubwäldern, Prärie, Mangrovenwald und Sümpfen, mit mehr als 20 000 Pflanzenarten und Hunderten Tierarten. Manche Blumen kenne ich nur in ihren Miniaturversionen aus botanischen Gärten. Leuchtende, rote Bromelien, wie Pflanzenschwerter aus dem Dschungel stechend, weiße und gelbe Orchideen, die auf Ästen siedeln, als hätte man sie dort verloren.
Hibiskussträucher mit roten, pinken und weißen Blüten, Farbtupfer im Moosgrün.
Die Blätter der Bäume sind größer als meine Hände, sind Puzzleteile in einem lebenden, atmenden Organis-

mus. Die Vögel in den Bäumen kanariengelb und blitzblau, grellorange Schmetterlinge, keiner hier ist grau oder braun, auch die Schlangen nicht, Bescheidenheit gibt es nicht im Dschungel.
Selbst an den Stromleitungen wachsen Ableger von Schmarotzern, ihre Wurzeln hängen in der Luft, sind Spinnen auf den alten Drähten. Aus der satten, rotbraunen Erde, von Schlammlöchern durchzogen, schießen Kohl- und Pfirsichpalmen, Mangobäume, Papayabäume, Zimtapfel- und Affenbrotbäume.

Carolines männliche Version, Cyril, lenkt den Wagen geübt an Schlaglöchern und Pfützen vorbei, die hier Seen gleichen. Der kleine Jeep flattert und krabbelt bergan, Wi und ich halten uns aneinander fest und den Atem an, weil wir nie wissen, was als nächstes kommt. Nach der nächsten oder übernächsten Kurve weicht das Zwielicht des Dschungels einem Himmel, tiefblau und weit.
Wir fahren, bis nichts mehr ist.
Bis Cyril den Jeep vor einem Holzgitter anhält, uns aussteigen lässt und allein weiterfährt. Wir machen uns keine Sorgen. Wir folgen Caroline, die immer summt, die Königin ist in diesem Dschungel.

Ihr Wochenendhaus ist aus Lehm und Steinen gebaut, ein Zauber wohnt ihm inne: An den Wänden sitzen Muscheln, Salamander und Fische aus Keramik, an den Spiegeln, an den Türrahmen, auch neben den Betten.

Der Erdboden ist seltsam kühl und weich unter den Füßen, anstelle von Fenstern schaut man aus bauchigen Weinflaschen, violette und rosafarbene Vorhänge verbergen statt Türen die Zimmer.
Kleine Sitzgelegenheiten aus Rattan finden sich in den Ecken, und riesige Wurzeln und Steine als Dekor, Devotionalien über dem Sekretär und Bromelien als Kunstobjekte an der Decke. Auf dem Ofen in der Küche, der mehr als die Hälfte des Raumes einnimmt, braten winzige, haarige Kugeln, Kokosnüsse in der Größe meines Fingernagels. Vielleicht ist es auch der Geruch nach Stein, Staub und frisch entfachtem Ofenfeuer, den Caroline mit einem Reisigbesen hinauskehrt.
Sie ist wie dieser Dschungel, hat zu viel von allem, kann nicht anders als alles zu teilen. Sie entschuldigt sich für die Einfachheit des Hauses und beginnt summend und singend aufzuräumen.
Mit der flachen Hand kehrt Wi über das Leintuch, am Polster beginnend nach unten, bis es sauber ist, dabei war es von Anfang an weiß. Holt Schlafsack, Polster, ein Nachthemd und eine Kosmetiktasche aus ihrem Rucksack und legt alles nebeneinander auf das Bett. Auf dem anderen Möbel in diesem Zimmer liegt ein Buch, der Titel unleserlich, grüne Flocken fallen von seiner Unterseite, als ich es in die Hand nehme.

Ich erwache auf dem Boden in Wis Schlafsack, der nur an einer Seite, zum Kopf hin, geöffnet ist, vom Flügelschlag einer mir unbekannten Tierart. Das Grillen von eintausend Zikaden umgibt mich, und eine Stille, die in alledem liegt, so schwer in meinen Ohren, dass ich meine, taub zu sein. Ich öffne die Tür zum Garten, der über Lianen und Palmen, ohne Zaun, in den Dschungel übergeht. Ein lautes, dumpfes Rufen dringt aus diesem undurchsichtigen Grün, von weit fort heran.

Später sagt Wi, sie habe vor Aufregung kaum schlafen können.
Später finden wir eine Fledermaus in unserem Zimmer, halb so groß wie meine Hand, Nasenlöcher mit Flügeln, deren Schlag die ganze Nacht durch unser Zimmer ging.
Später folgen wir Caroline, vorbei an Schlamm- und Wasserpfützen, langsam, den Tag erahnend. Am unteren Ende des Hügels wächst ein Oktagon mit spitzem Dach aus dem Gras, dahinter ein paar Hütten im Gebüsch. Der Himmel ist bedeckt, die Luft kühl.

Menschen strömen aus allen Richtungen zur Kirche, Männer in weißen Anzügen, Frauen in glitzerweißen Kleidern, auf ihren Köpfen silberne Krönchen. Wir fühlen uns etwas *underdressed* in dieser Ansammlung aus Prinzessinnen, in unseren langen Röcken und Großmütterblusen, wie verlorene Hippies, *like a virgin*, Sinnlichkeit ist nicht erlaubt.
Kein Schwarz, kein Rot, keine Farben dürfen sein, ich habe Caroline verheimlicht, dass ich keine weiße Unterwäsche besitze.

Weiß sei die Farbe dieser *trabalho*, sagte sie, für Männer wie für Frauen.
Weiß für die Königin des Waldes, *la rainha da floresta*, weiß für den Feiertag des *mestre*. Wi und ich, wir versuchen, uns nichts anmerken zu lassen.

Bei der Anmeldung müssen wir Fragen beantworten: Wie wir von der Kirche gehört hätten, ob wir im Vollbesitz unserer geistigen Macht seien, auch Fragen zu physischer Kondition, ehelichem Status und Gesundheit müssen wir beantworten, ob wir Probleme mit Drogen gehabt hätten, Namen und Berufe unserer Väter angeben und ob wir jemals in eine psychiatrische Klinik eingewiesen wurden. Man ist an meinem Wohlergehen interessiert. Ich werde heute also nicht sterben.

Wolkenbäuche mit grauen Unterseiten ziehen über den Himmel, als wüssten sie nicht, wohin. Auch wir wandern hierhin und dorthin, folgen Caroline mit Sicherheitsabstand. Frauen streichen einander über Arme und Haare, Männer rauchen. Manche bringen Blumen und Instrumente, andere kleine Kinder. In der Kirche riecht es nach Beton, Schweiß und dem Grün der Blumen, die man am Altar aufgestellt hat, Lilien und Callas.

Der Altar, ein sternförmiger Holztisch in der Mitte des Oktagons, ist mit Fotos der *mestres* behängt, Mutter-Maria- und Jesus-Abbildungen. An der Decke Kristalle in unterschiedlichen Höhen, durchsichtige Tropfen und

filigrane Schmetterlinge aus weißem Papier. Ein Zwielicht, obwohl die Mauern von Fensterfronten durchbrochen sind, auf den Boden hat man Muster aus weißen Linien gemalt.
Noch ist der Raum leer. Noch erfüllt die Luft eine Geschäftigkeit wie in den Markthallen nahe Ipanema. Borten werden zurechtgezupft, Lippenstift nachgezogen, Haarklammern nachjustiert. Die Kinder schickt man hinaus: Sie werden in einen Raum neben den Toiletten gebracht. An der Wand wenige Stühle, darauf liegen die Decken europäischer Fluggesellschaften. Frauen und Männer werden getrennt, haben eigene Ausgänge. Wenn die Glastür am Eingang aufschwingt, zieht ein kühler Wind durch den Raum.

Caroline zeigt uns in einem Muster aus weißen Linien, wohin wir unsere Füße stellen sollen, reicht uns Heftchen mit katholischen Liedern, die *Beija-flor, Eu Vivo Na Floresta, O Justiceiro* heißen.
Als die Sonne durch die Wolken bricht und den Raum mit einem Schlag erhellt, tritt eine ältere Frau durch die Tür, in ihren Händen ein Glasbottich mit brauner Flüssigkeit. Das Oberhaupt der Kirche stellt den Bottich vorsichtig ab und läutet ein Glöckchen.
Man stellt sich an.
Man wartet auf sein Gläschen.
Man leert es, so wie man in Österreich Schnaps trinkt.

An diesem Morgen trafen wir die Madrinha dieser Kirche, die uns in ihrem Mondhaus interviewte, dabei bin ich mir sicher, sie hatte bereits alle Informationen, die sie brauchte. Ihr Gesicht ist so unbewegt wie ursprünglich, anders als die übrigen Frauen trägt sie kein Make-up und keinen Nagellack, keinen Schmuck an ihren Händen. Sie trägt dieselbe Uniform wie alle Frauen und eine silberne Krone auf dem Kopf.

Heute Morgen war dies ein Abenteuer in meinem Kopf, hatte ich keine Ahnung, auf was ich mich einlasse, jetzt spüre ich an meinem Herzschlag das Ausmaß dieser Geschichte, die mir Caroline vor vier Wochen in einem Flugzeug zwischen Paris und São Paolo erzählte: Dass sie Teil einer Kirche sei, deren Sakrament ein heiliger Trank sei, den man auch *ayahuasca* nenne. Dieser Pflanzensud aus einer Liane und einem Kaffeestrauchgewächs bewirkt Halluzinationen, Visionen und eine subjektive Erweiterung des Bewusstseins, sagt Wi. Manche vergleichen seine Wirkung mit LSD, andere nennen es Trance, Meditation, Gebet.
Ich halte mich daran fest, dass meine Geschichte eine Caroline und eine Wi hat, den Geruch nach Schlamm, die Erwartung von Kolibris, einen Schlafsack auf dem Boden eines Meerjungfrauenhauses, und jetzt auch einen bitteren Geschmack in meinem Mund, und eine leichte Übelkeit, die von meinem Magen aufsteigt.

Die Madrinha gibt den Ton an: Man tanzt ein paar Schritte nach rechts, ein paar nach links. Mehr und mehr Menschen tauchen auf, stellen sich an ihre Plätze, nachdem sie ein Gläschen getrunken haben. Die Sonne spielt Verstecken mit den Wolken, man singt ein Lied, und das nächste, in diesem mir unverständlichen Portugiesisch, und irgendwann verschwinden meine Gedanken aus meinem Kopf und gehen, von dort, woandershin.

Ich spüre meine Beine tanzen, doch diese Beine gehören zu jemand anderem, wer das ist, kann ich nicht genau sagen. Meine Hände, oder sind es die von jemand anderem, halten sich am Notenheft fest, und ich, wer auch immer das ist, schwebt über mir und sieht meinen Gedanken zu, die wie Ping-Pong-Bälle von Gesicht zu Gesicht hüpfen. Ich nehme nur noch Ausschnitte der Wirklichkeit wahr.

Im Hintergrund höre ich die Frauenstimmen, auch ich bewege meine Lippen und summe, so gut ich kann, mit. Eine Hitze kriecht meinen Rücken hinab, ich kann nicht sagen, ob ich müde bin. Versuche meine Beine zu schütteln, gerate aus dem Takt und sehe mich um, die Hüften schaukelnd. Sehe eine Frau, die ich zuvor nicht bemerkt habe. Ihr schwarzes Haar fällt bis zu den Hüften, darauf ein Krönchen mit grünem Stein. An ihrer Schulter liegt ein schlafender, kleiner Junge wie ein Schal.

Sie begleitet, flüsternd, das Kind auf dem Arm, eine andere hinaus, die ihre Hand auf den Magen presst, denn auch das bewirkt dieses Sakrament: eine Reinigung.

Und mit einem Mal verstehe ich, dass dies meine Aufgabe ist, dass *ich* mich um andere kümmern soll, ich verstehe, dass ich alle notwendigen Fähigkeiten dafür besitze, mit einer Klarheit, wie ich sie noch niemals erlebt habe.
Danach verblassen die Worte, machen keinen Sinn mehr, nur der Moment macht Sinn, jede einzelne sinnliche Erfahrung macht Sinn, und plötzlich tritt die Sonne in den Raum, erhellt die Welt, die Kirche, und brennt ein gleißendes Loch in meinen Kopf. Ich bin ein Kelch, mit Licht gefüllt. Ich denke an Kolibris und frage mich, ob *ayahuasca* das auch kann: die Seele zurückbringen.

Die Musik bricht ab, man verteilt neue Gläschen mit dunkelbrauner Flüssigkeit.
Wi zieht mich aus der Kirche ins Freie.
Die Wiese hat sich in ein geometrisches, vibrierendes Muster aus verschiedenen Grün- und Gelbtönen verwandelt, das sich mir annähert. Auch in den Bäumen gibt es Bewegung, die Blätter oszillieren im Wind, der auch die Wolken bewegt: majestätische Gebilde, die über die Hügel tanzen. Ich versuche, geduldig zu sein, während ich sie beobachte, kann es kaum erwarten, dass sie einander berühren, in einer vollkommenen Bewegung.
Ich sehe Figuren, flüstert Wi, sobald ich die Augen schließe. Indische Götter. Aztekische Muster.
Wir sitzen in der Wiese, eine Flasche Wasser zwischen uns. Es ist eine Kunst, nicht zu viel und nicht zu wenig

zu trinken, nicht zu dehydrieren und keine Reaktion der Pflanze zu bewirken. Zu viel Wasser produziert, was wir minütlich beobachten: Die Tür schwingt auf, eine Schönheitskönigin fällt heraus und übergibt sich unter den Bäumen. Sie versuchen, ihre Kleider nicht zu beschmutzen, es gelingt nicht allen.
Die Schwarzhaarige reicht Taschentücher, streichelt über Rücken, murmelt besänftigende Worte. Ab und zu bleiben sie dort stehen, halten sich an sich selbst fest, starren ins Grün. Ich frage mich, woran sie denken, ob sie überhaupt denken.

Caroline tritt aus dem Haus und deutet mir, mit ihr zu kommen.
Im Gebüsch ist es kühler als in der brennenden Sonne, unter einem Hibiskusstrauch sitzen wir, Caroline starrt auf den Boden. Ich nehme ihre Hand, ihre faltige, kleine Hand, und sie lächelt, hebt den Kopf in Zeitlupe. In ihren Augen Tränen.
Du musst atmen, sage ich und zeige ihr, wie man atmet. Ein und aus.
Ich habe ein bisschen zu viel *Daime* getrunken, sagt sie.
Ein sanftes Windgeräusch zieht an uns vorbei, ein Rascheln in den Blättern, und dann ist es wieder still, bis auf das Lärmen der Kinder und das Singen und Trommeln der Gemeinschaft.
Du und ich, sagt sie, wir sind etwas ganz Besonderes, wie Schwestern.
Ich nicke und halte ihre Hand, und schweige, und

irgendwann sage ich leise, *oui*. Nicht weil sie high ist oder ich sie beruhigen muss, sondern weil sie recht hat.

Der Weg zum Meerjungfrauenhaus ist steiler als zuvor. Wir gehen ihn wie Kinder: halten in jeder Kurve, lauschen, sehen nicht einmal unsere Hände vor uns, so dunkel ist die Nacht. Hören nur das schmatzende Geräusch, wenn Füße aus dem Schlamm gezogen werden. Am Atmen orientieren wir uns, an den Schritten, bis Cyrils weißer Jeep im Dunkel aufleuchtet.
Ich koche Porridge mit Honig, setze Tee auf, rauche eine Zigarette an der Tür.
Wi und Caroline liegen auf ihren Betten, ohne sich zu rühren, starren an die Decke, in sich verschwunden, an einem anderen Ort, in ihren Gedanken spazierend.
Nur das Geräusch des siedenden Wassers höre ich, das Knacken der Holzscheite im Ofen und den Widerhall des Windes in meinem Kopf.

Der Morgen ist still, so still, wie er es im Zirpen, Piepen und Schnattern der Vögel sein kann. Aus Wis Bett kommen regelmäßige Atemzüge, ihr rechtes Bein hängt Richtung Boden, was ich noch von ihr sehe: eine blonde Strähne, eine nackte Schulter.
Ich bleibe liegen, ohne mich zu bewegen, spüre den kalten Steinboden unter mir. Lasse Gedanken durch den Kopf ziehen, die ich kenne. Lasse sie in Schleifen und Kreisen wiederkehren: Es sind dieselben wie gestern, doch sie haben keine Bedeutung mehr.

Es ist so still in mir, dass ich mich frage, ob ich noch hier bin.
Auch aus Carolines und Cyrils Schlafzimmer kommen keine Geräusche.
Ich setze mich an den Rand des Dschungels, auf ein Stück Karton, und lasse die ersten Sonnenstrahlen auf mich fallen. Das Bedürfnis, nicht zu sprechen, ist übermächtig. Dieses Bedürfnis bleibt auch, als sich erste Schatten in der Küche regen und ich Caroline höre, wie sie die Reste der Dunkelheit aus der Küche kehrt. Wi setzt sich neben mich, eine Tasse Kaffee in ihrer Hand.
Ein tonloser Raum hat sich in mir ausgebreitet, ein farbloser, von dem aus ich alles beobachte, aber mich nichts berührt. Es erleichtert mich, nicht mehr sprechen zu müssen.
Eine Woche oder zwei, sagt Caroline, wird dieses Gefühl anhalten. Man solle sanft mit sich sein, in dieser Zeit.

Wir verlassen das Tal auf demselben Weg, den wir gekommen sind, als Käfer zwischen vermoderten Baumstämmen und Lianen.
Blitzblaue, handtellergroße Schmetterlinge segeln an uns vorbei, unter diesem Blätterdach, in dem das Atmen jetzt leichter fällt, weil ich mich daran gewöhnt habe.
Nova Gokula steht in roten Lettern auf einem Schild vor uns, kleine Pfeile deuten in alle Richtungen, ein Tempel mitten im Urwald, ein rotoranges Relikt mit sauberen Zufahrten und leeren Spazierwegen.
Vor der Anlage der Hare Krishna essen wir einen Becher

eisgekühltes *açaí*, im Duft von Räucherstäbchen, im sich wiederholenden Klang von Mantras, bis es Zeit ist und Cyril auftaucht, bis wir in seinen Mini-Jeep steigen, in dem Wi und ich uns aneinander festhalten.
Bist du froh, dass wir gekommen sind, flüstere ich. Sie nickt.

Carolines anderes Haus hat ein Dach aus roten Schindeln und eine ausladende Veranda aus breiten Holzbohlen, die um die gesamte Außenmauer führt. Außerdem einen winzigen Affenschädel neben der Tür, Pflanzensprösslinge in Töpfen allerorts, gestreifte und betupfte Geschirrtücher an einer Wäscheleine. Einen riesigen schwarzen Leguan namens Plouf unter der Treppe und eine Katze namens Anise darauf. Es ist von tiefem Dschungel umgeben, Nachbarn gibt es keine.
Das Innere ist ein Labyrinth aus Treppen und Räumen, die kleine Engelsfigurinen bewahren und Libellen aus Holz, die aufgrund eines Zaubers auf meiner Nasenspitze sitzen bleiben, ohne herabzufallen. In der Küche wachsen Bananen von einem Ast, der so lang ist wie mein Unterschenkel. Aus Dosen naschen wir selbst gemachtes *paçoca* und finden im Erdgeschoss bauchige, grüne Flaschen mit bitter schmeckender Flüssigkeit.

Auf Schlangen und Insekten achtend folgen Wi und ich einem Pfad. Klettern bergauf und bergab, ducken uns unter Büschen hindurch, der Richtung folgend, die uns Caroline gewiesen hat. Die Luft ist feucht vom Regen

der Nacht, ich schwitze, ohne mich anzustrengen. Nach einer Biegung öffnen sich die Bäume, geben den Blick frei auf Felsbrocken, begrünt und bewachsen, *cachoeiras*, Wasserfälle, türkis gefüllte Becken.
Drei Frauen baden dort, im Schatten der Bäume, begrüßen uns mit einem Winken. Eine von ihnen ist hochschwanger, die anderen ihre Begleiterinnen. Sie murmeln und singen Gebete, während die Älteste den Körper der Schwangeren mit Zitronenhälften abreibt.

An unserem letzten gemeinsamen Morgen erzählt uns Caroline von ihrer Tochter, die eine der besten Surferinnen des Landes war und jetzt im Rollstuhl sitzt.
Als wir uns verabschieden, sehe ich Kolibris um ihr Haus flirren, zum ersten Mal, sehe wie sie stillstehen und tanzen und wieder verschwinden, schneller, als mein Blick ihnen folgen kann.

Schottland

DIE EINSAMKEIT DES RAUMES

Die mir verfügbaren Häuser oder Wohnungen habe ich oft schon mit Malerinnen, Illustratorinnen, Fotografinnen und Zeichnerinnen geteilt, zumeist mit genügend räumlichem Abstand, bestimmt aber künstlerischem.

Zwei Frauen seien wir, schrieb mir Hamish, und zwei Männer, die Namen dürfe er mir jedoch nicht nennen. Weder zu *fellows* noch zu unserem Aufenthaltsort gab das Internet Informationen preis, vielleicht lag es daran, dass die Adressangabe der *residency* eher an Mittelerde erinnerte als an Europa: Lasswade, Midlothian.
Eine Nummern- und Buchstabenfolge zeigte dann eine Zufahrt, an deren Ende ein weißer Punkt saß: *H. Retreat for Writers*, das Foto zeigte ein gotisches Gebäude aus rotem Stein, eine mittelalterliche Turmruine, abfallende Wiesen, einen dichten Wald.

Ich folge Hamish, *the administrator*, über den Vorplatz dieses Gebäudes, über einen sorgfältig getrimmten, englischen Rasen, den eine schmale Steinmauer umfasst. Der hagere Mann mit dem lichten, grauen Haar trägt meinen Koffer gebückt durch den angehenden Frühling. Vögel segeln aus dem milchig blauen Vormit-

tagshimmel, sanftes Rauschen steigt vom Flussbett auf, ein leises Säuseln in den Baumwipfeln, die noch kahl sind.
Er bittet mich durch einen Vorraum, in ein Labyrinth aus dunklen Gängen, weiter in die Küche, wo er mir einen Teller Linsensuppe serviert und mich darauf hinweist, dass ich hier ansonsten keinen Zutritt hätte. Dieses Schloss sei ein Ort des Schreibens.
Hinter seinen fleckigen Brillen beobachtet er mich, wie ich ein Stück Körnerbrot in gelbliche Flüssigkeit tunke, und reibt sich die Hände, als freue er sich auf etwas. Was, ist nicht erkennbar.
Wird unsere Patronin diesen Monat anwesend sein, frage ich ihn.
She might, sagt er, *she might not*, und fügt hüstelnd hinzu, dass es nicht der Etikette entspräche, dass Günstlinge und Gebende einander begegnen.
Die Gäste werden auch gebeten, keine Fotos zu schießen, fährt er fort, während er meinen Koffer die Treppe hinaufschleppt, wir bleiben hier unter uns. Dieser Ort sei seit der Bronzezeit besiedelt, seit 1638 ein Schloss, seit 1970 im Besitz von Miss H.

Miss H., deren Nachname gemeinhin als Ketchup bekannt, deren Berufsbezeichnung »Philanthropin« ist, zählt laut Internet über ein Jahrhundert. Ihrem Alter entspricht auch die Aufmachung der *residency*: Es gibt kein Internet und auch kein Telefon, dafür aber drei Mahlzeiten am Tag und eine Bibliothek mit sämtlichen

wegweisenden Werken des 19. und 20. Jahrhunderts. Es gibt auch keinen Supermarkt oder andere Vergnügungen in der Nähe, bei Bedarf an Briefmarken könne man Hamish bitten.
Die nächste Ortschaft samt Pub mit WiFi ist sechs Kilometer entfernt, Edinburgh eine einstündige Busfahrt. Obwohl sämtliche Bedienstete ein Fahrzeug besitzen, nimmt uns niemand jemals mit.

Das Innere von H. Castle ähnelt einer Bildstrecke von *Living Home*. Verzweigte Gänge und enge, knarrende Wendeltreppen verbinden weitläufige Räume, hohe Türen führen in Salons mit poliertem Dielenboden und weißen Teppichen, ausgestattet mit Laura-Ashley-Möbeln und Ölmalereien von Lords und Ladies. Im Kamin des Esszimmers knistert ein Feuer, auf dem dunklen Eichenholztisch eine Selektion internationaler Literaturzeitschriften, daneben stets ein Strauß Rosen.

Ein Geruch nach Staub und Poliermittel liegt in den Zimmern, die unter dem Dach liegen: die der Autorinnen auf der einen, die der Autoren auf der anderen Seite.
Katys Zimmer hat einen Blick über die Schlucht, einen funktionierenden Kamin und einen Sekretär aus Kirschholz. Mein Zimmer ist so klein, dass ich mich dreimal im Kreis drehen kann, bis ich an die Tür stoße oder an den Pseudokamin neben dem Fenster. An grauen Tagen höre ich darin das Staccato der Regentropfen.

Von meinem Fenster aus sehe ich die Turmruine, Eichen und die weißen Stämme der Birken, manchmal ein Reh. Ein beständiger Luftzug zieht vom Fenster zur Tür, der fingerdicke, grüne Teppich verschluckt jedes Geräusch.

Die einzigen Hinweise, dass ich nicht allein hier bin, sind die Haare in den Badezimmern, die Schritte auf der Treppe und manchmal das Fehlen von Keksen in der Teeküche. Wir sind Einzelgänger, unserer Berufung nach, niemand stört sich daran. Die Gedanken bedürfen in ihrer Einsamkeit eines Raumes, in dem sie sich entfalten können, darin haben andere Menschen keinen Platz. Nach dem Frühstück begegne ich den anderen erst wieder beim Dinner.

An meinem ersten Abend hörte ich breites, amerikanisches Englisch aus dem Wohnzimmer, fand eine kleine, zierliche Frau mit langen Dreadlocks auf einer weiß geblümten Chaiselongue und zwei Männer auf der Couch gegenüber. Sie lächelte mich an und stellte sich vor. Die beiden Männer, Larry und David, sprachen nicht viel mit mir, eher miteinander, über ihre eben entdeckte gemeinsame Leidenschaft für die Schauspielerin Judi Dench.
Nach dem ersten gemeinsamen Dinner zeigte uns David Fotos von seinem Hund Boomer, der kürzlich verstorben war, von seiner Villa in den *suburbs* von Harare, meine Frage nach dem Verhältnis von schwarzen und weißen Angestellten ignorierte er.

Von Autoren umgeben zu sein ist so erfrischend wie die selbst gemachte Zitronenmarmelade, die man uns zum Frühstück serviert.
Niemand schert sich darum, sozial zu sein, wir verstehen einander: In erster Linie führen wir eine Beziehung mit unserem Text, in zweiter Linie nehmen wir Bezug und Rücksicht auf andere.
Larry spricht morgens kein Wort, sondern notiert Änderungen an seinem Manuskript, während er kleine Apfelstücke verspeist. Katy isst eine Schale Porridge, während sie liest und tunkt ihren Löffel in den Marmeladetopf, wenn niemand hinsieht. David hält Monologe beim Dinner: über die Biografie eines Ausbrechers, an der er gerade schreibt, oder die haarsträubende politische Situation in Simbabwe. Ihm begegne ich manchmal bei meinem Spaziergang im Wald, wir nicken einander zu und gehen dann, in großem Sicherheitsabstand, unseres Weges.

Die Ablenkungen an diesem Ort beschränken sich auf das Springen der Rehe im Wald und das Auftauchen eines Wanderers auf der anderen Flussseite. Das Einzige, das mich beschäftigt, ist das Fortschreiten meiner Arbeit, ihr Gelingen. Das Einzige, das mich unruhig macht, ist die Unfähigkeit, Worte zu finden, und die Unmöglichkeit, mich von diesem Umstand abzulenken, indem ich online verloren gehe und über Sandbüchsenbäume, Jahreserstlinge oder meine Mondknoten recherchiere.

An den Donnerstagen bin ich nicht die Einzige, die sich in Luftschlösser und Tagträume flüchtet: An den Donnerstagen flüchten wir alle in die Teeküche, den Garten oder die Bibliothek. Donnerstage erkennt man an blauen Plastiksäcken, die vor den Badezimmern liegen, an Reinigungsmittelflaschen, am Aufschlagen der Leintücher, am Rauschen der Duschen bei offener Tür, am unverständlichen Akzent der beiden Haushälterinnen.
An den Donnerstagen stelle ich meine Schuhe an der Treppe ab und schleiche davon. Die Teeküche liegt hinter Katys Zimmer, hinter dem Wäscheraum, in dem Leintücher und Handtücher trocknen, als wären wir zu sechzehnt, nicht zu viert.

Am Kühlschrank finde ich Katy, einen krümeligen Keks in der Hand.
Thursday again, sagt sie und lächelt.
Ich nicke, nehme mir ein *shortbread* und befülle eine Tasse mit heißem Wasser.
Ich muss endlich an meinem Manuskript arbeiten, sagt sie und reicht mir einen Teebeutel, aber meine Lektorin schickt nichts.
Wir setzen uns auf den Boden an der Tür. Im Hintergrund surren Staubsauger.
Katy trägt eine Jogginghose und einen weiten, schwarzen Wollpullover, überhaupt ist sie, für jemanden aus einer Weltstadt wie NYC, sehr leger gekleidet, laut meiner Vorstellung entsprechend müssen die Bewohner dieser Stadt aussehen wie die Menschen in *fashion magazines*.

Die Lektorin ist schwanger, fährt sie fort, und meinte vor einer Woche, sie müsse ins Krankenhaus. Der Roman hat 900 Seiten.
Geht sich das aus, frage ich und beiße in den Keks.
Katy nickt, es erscheint erst im Jänner oder Februar. Ich kenne das nicht, sagt sie und versteckt ihre Finger in den Ärmeln des Wollpullovers, diese Arbeit an Romanen. Ich schreibe fürs Theater, dieses Überarbeiten und Hin- und Herschicken ist mir neu.

Dann lacht sie und erzählt mir von ihren Stücken, die am Broadway aufgeführt werden, von ihrer Wohnung in Harlem, die so klein ist wie mein Zimmer, aber so viel kostet wie ein Loft in Berlin, und plötzlich hören wir Frauenstimmen, im Stockwerk unter uns, eine davon brüchig und hundert Jahre alt.
Do you think it's her?, flüstert Katy, die Augen weit aufgerissen.
Keine Ahnung.
Wir lauschen, doch die Stimmen sind verstummt.
Das Gefühl der Fülle, flüstere ich, das diese Frau kennen muss.
Katy nickt.
Für mich ist das alles ein Wunder. Ich musste vor einem Jahr ins Krankenhaus, danach war ich so arm, dass ich mir nicht einmal Essen kaufen konnte. Jetzt bekomme ich *fish pie* zum Dinner, man reinigt wöchentlich mein Zimmer und ich wohne in der Kulisse von *Game of Thrones*.

Sie schüttelt den Kopf, die Stirn in Falten gelegt, und trinkt einen Schluck Tee.

Mein Zimmer weist klare Spuren einer Generalreinigung auf: Der Bettüberwurf ist zu einem Rhombus gefaltet, der Papierkorb entleert. Meine Dokumente und Zeichenblätter liegen gestapelt auf dem Tisch.
Meine Gewohnheiten sind hier außer Kraft gesetzt, weil ich mich außerhalb der Räume befinde, die ich ansonsten bevölkere.
Anstatt morgens Kaffee aufzusetzen und dann für eine Weile meine Gedanken zu sortieren, dringt mir Klimpern und Klappern entgegen, wenn ich durch den schweren Vorhang des Esszimmers trete.
Ich setze mich an einen gedeckten Tisch, notiere im Duft von frischem Porridge den Traum der letzten Nacht und auf einem Notizzettel meinen Wunsch für das Mittagessen. Anstatt in Nachdenkpausen meine Wäsche zu sortieren, meine E-Mails zu lesen oder mit Freunden zu schreiben, lese ich ein paar Seiten *Meister und Margarita*, male Ornamente auf ein Blatt Papier oder setze mich für ein paar Minuten am Brunnen in die Sonne.
Mittags schneide ich kein Gemüse, sondern öffne die Tür und finde, meinem Wunsch entsprechend, ein Körbchen mit frischer Suppe in einer Thermoskanne. Bei meiner täglichen Joggingrunde laufe ich die Einfahrt entlang und wieder zurück, dreimal. Abends werde ich zu einem dreigängigen Dinner mit meinen Kollegen er-

wartet, anstatt mich mit Tee auf mein Bett zu setzen und einen Film zu schauen.

Dieser Ort nimmt meine Gedanken und Worte auf, spiegelt sie und wirft sie zurück.
Die einzige mögliche Reibungsfläche ist ein Gegengedanke, ein neuer Ansatz, in der Stille eines Spaziergangs gefunden: ein Narzissenmeer in wogendem Gelb, unter der Eiche am Felsvorsprung. Schwarze, satte Erde, die an meinen Schuhen klebt. Ein Knacken im Gebüsch, dichtes Unterholz, Elstern, die auffliegen, und der Geruch nach feuchtem Moos, vom Fluss aufsteigend. Ein Klappern und Klopfen in der Küche, wenn ich die schwere Holztür aufziehe und in Richtung meines Zimmers gehe.
Es riecht nach gekochten Karotten und gebratenen Zwiebeln, jeden Tag, und donnerstags nach Putzmitteln in allen Gängen.
An manchen Tagen steht eine schwarze Limousine hinter dem Wacholderbusch geparkt, an der Tür hinter dem Frühstücksraum ein schwarzes Gewehr. Ich verlangsame an diesen Tagen meinen Schritt, doch höre und sehe niemanden.

Man gewöhnt sich an die Einsamkeit, die Stille, vor allem, wenn die anderen noch ruhiger sind. Ich unterscheide die Menschen nach ihren Schritten: Das sanfte Auftreten Katys, das zögerliche Schlendern Larrys, das unablässige Schreiten unserer Haushälterinnen, die täglich das Dachgeschoss nach verlorenem Geschirr absuchen.

Wir möchten Sie bitten, davon abzusehen, Porzellan auf die Zimmer mitzunehmen, sagt Hamish beim Abendessen. Wir geben vor, nicht zu wissen, was er meint, Larry erzählt von Eichhörnchen, die täglich vor seinem Fenster auftauchen, David von einem enormen Bussard. Katy berichtet von mysteriösen Geräuschen aus dem Stockwerk unter ihrem Zimmer.
Denkt ihr, sie ist hier?, flüstert sie, als Hamish den Raum verlässt.
David nickt. Habt ihr das Gewehr gesehen?
Hamish kommt zurück, plötzlich, schließt die Tür hinter sich. Er geht zügig zur anderen Seite des Raumes und schließt den Vorhang. Dann räuspert er sich und reibt seine Hände. Wir hören Geräusche am Gang, leise Stimmen.
Morgen Sonntag erwartet uns ein viergängiges Menü, sagt er. Ich bitte um Pünktlichkeit.
Die Geräusche verstummen. Hamish nickt, wünscht uns einen guten Abend und verlässt den Raum.

Sonntags verlasse ich das Anwesen und suche nach dem Waldweg, dessen Eingang hinter den Birken verborgen liegt. Er ist gerade breit genug für eine Person, Dornen wachsen an verdorrten Ästen, verhaken sich an meiner Hose. Löchriger Stacheldrahtzaun begrenzt die Felsen zur Schlucht. Ein Ende-April-Gefühl liegt in der

Luft, eine erste Wärme. Das Rattern eines Helikopters zieht über mich hinweg, irgendwo im Grün wiehert ein Pferd. Nichts ist sonst zu hören, bis auf das Zwitschern der Vögel und das leise, beständige Rauschen des River North Esk.
Meine Füße tragen mich über Holzstücke und Felsbrocken, schmale Rinnsale, die aus dem Tannendickicht sickern.

Bei meiner Rückkehr hinterlasse ich schwarze Abdrücke auf dem grünen Teppich, sie führen bis in mein Zimmer. Dort sitze ich vor meinem Text, bis es Abend wird.
Unsere Beziehung ist kompliziert. Jetzt, wo die erste Verliebtheit vorbei ist, sehe ich seinen wahren Charakter, muss Sätze und Kapitel ausbessern, weil ich ihn nicht verstehe, muss löschen und ergänzen. Ich frage ihn, wohin er will, was er braucht, aber bekomme nicht immer eine Antwort. Manchmal lausche ich wochenlang, kann nicht sichergehen, dass die Antwort stimmig ist. Unsere Wahrheit ist flüchtig. Immer suche ich nach ihr, nach den Momenten, in denen klar ist, welche Worte am Ende der Gedanken liegen sollen.
Es ist eine unbedingte Liebe. Alles muss seine Richtigkeit haben. Wenn wir nicht übereinstimmen, nehme ich Abstand, gehe durch den Wald, in die Teeküche oder male Kreise aufs Papier. Ist die Kritik gerechtfertigt, wird sie umgesetzt.
Jedes Bild, das ich finde, ist mit einer Stimmung verbun-

den, jeder Absatz mit einem Gefühl, jede Geschichte mit einer Sehnsucht.
Kurz vor neunzehn Uhr höre ich Katys Schritte vor der Tür.
Katy sagt, das Ureigene, so verwirrt und eigenartig es auch ist, hat die größte Kraft. Je kompromissloser sich eine Autorin in ihrem Schreiben auslebt, umso mehr Macht hat, was sie kreiert.

Es duftet nach frischen Brötchen und gesottenem Fleisch. Der Tisch ist mit schwerem Tuch, silbernen Löffeln und Messern gedeckt, die Wolken vor den Fenstern in Orange, Pink, und Schwarzblau getaucht. Larry und David unterhalten sich über ein Händel-Konzert, das in Edinburgh aufgeführt wird. Das Knistern des Feuers ist unsere Begleitmusik.
Man serviert Rosmarinkartoffeln, Butterfisolen, Apfelkraut, Rindfleisch und Salat in kleinen Schüsseln. Hamish gießt dunklen roten Wein in silberne Kelche. Aus dem Garten steigen Stimmen auf. Wir sehen eine gebeugte Frau mit blauer Baskenmütze sehr langsam vorbeigehen, an ihrer Hand ein Stock, an ihrer Seite ein stämmiger Mann mit Gewehr.

Miss H. besitzt neben Schottland auch noch Residenzen in London, Italien und New York City. Ich glaube, wer so viele Häuser besitzt, muss nicht mehr reisen, von einem Anwesen zum nächsten zu fahren ist genug.

Ob ich selbst für immer in Städten wohnen kann, ich weiß es nicht, der Menschen sind mir zu viele. In Gesellschaft zu sein, in Gedanken, hat einen Zauber. Die Einsamkeit von Worten und Wäldern auch.

Nevada

GRÜNE BRÜCKEN

Rachel ist heimisch an diesem Ort, den es nicht gibt. *Let's explore,* ruft sie und radelt davon, auf einer Straße namens *illusion.*
Die Sonne ist hinter dem Horizont verschwunden, finstere mondlose Nacht über uns. Neonfarbene Laserstrahlen erhellen den Himmel.
Vielleicht ist es ihr Beruf, in dem sie Formeln findet, die keine praktische Anwendung haben, er heißt wie ein mathematischer Urlaub: tropische Geometrie. Vielleicht ist es auch die Tatsache, dass sie schon siebenmal hier war.
Hier ist es nachts so kalt, dass man dicke Stiefel und Wollsocken braucht. Ich ziehe mir eine Fellmütze über den Kopf und radle hinterher.

An der Promenade hole ich sie ein, Rachel mit den roten Löckchen, *a true ginger*, vor drei Monaten habe ich sie im Tanzgewühl getroffen, in gestreiften Leggins und Nieten-BH. Sie hat mir gezeigt, dass Falafel um drei Uhr morgens Kreislauf und Stimmung retten können.
Sie lehnt sich an ihr Rad und saugt Wasser aus einem Schlauch, eingebettet in eine Wüstenszene, die besser ist als *Lawrence von Arabien*: eine kilometerweite, flache

Ebene, von Neonlichtern erhellt, die sich nach rechts und links bewegen, auf uns zu, um uns herum, lärmend, ziellos. Das Zentrum dieses Wahnsinns aus Geschwindigkeit und *sound* ist ein riesiges Strichmännchen aus Holz.

Ein haushohes, silbernes Schiff biegt hupend hinter uns ein. Ein mäandernder Magier wirbelt vorbei. Wir tunken die Finger in ein Säckchen mit Kristallen und ich frage mich, ob ein Körper in der Lage ist, Glücksgefühle auszuschütten, wenn man seit 48 Stunden nicht mehr geschlafen hat. Vor allem in einem Universum ohne oben und unten, ein rotierendes Flackern im Blick, ein Flirren und Schimmern und Flimmern. Ich möchte mich festhalten, mich irgendwo festhalten.

Aus den Boxen neben mir schießen Gabber, Trance und Techno, direkt in mein Trommelfell. Mein Blick klebt an einem Paar brauner Augen fest, an Wangen, die heller glitzern als alles andere. Schmecke Staub im Mund und spüre Blei in den Beinen. Ein hüpfender Hamster namens Ted nimmt mich bei der Hand und schreit mir ins Ohr: *You're awesome, I love you*. Ich schreie zurück und finde endlich Rachels Hand in der Menge. Sie anzufassen ist wie salziges Karamell-Schokoladeneis zu schmecken.

Wir ziehen weiter, über uns grüne Brücken im Dunkel. An ihnen orientiere ich mich, an diesen stabilen, leucht-

enden Gerüsten, mit Bögen und Verstrebungen, die in gleichförmigen Mustern über uns hinwegführen.
Der Bauweise nach erinnern sie mich an die *subway bridges* von New York City. Ich fühle mich sicher unter diesen Brücken. Unter ihnen kann mir nichts passieren, sie sind am Boden befestigt und halten den größten Bewegungen stand. Über das ganze Gelände führen sie, von einer Straße dieser Stadt zur nächsten, bis weit in die Deep Playa hinaus. Ich brauche ihnen nur zu folgen, auch wenn ich sie bloß erahnen kann.

Wie ich unser Zelt finde, bleibt mir ein Rätsel. Unsere Bastion für acht Personen, Matratzen und Schlafsäcke, Kühlboxen und Koffer. Ich ziehe mir eine Decke und zwei Schlafsäcke über das Gesicht, stecke mir Stöpsel in die Ohren, blende das Rattern des Generators aus. Sanft gibt die Luftmatratze unter meinem Gewicht nach. Bis ich einschlafe, ist es hell geworden.

Der Name unseres Camps ist Clutch Tomato.
Sonnengereifte, kalifornische Tomaten, schwimmend in Olivenöl, Monate zuvor mit Kräutern und Chili eingelegt, auf *organic rosemary and thyme* Crackern serviert. Ein riesiges Schild deutet darauf hin, ein mit roter Farbe bestrichener *dome*, rote Couchsessel, Campingstühle, Hängematten zwischen den Metallstäben.
Ein *clutch* ist etwas, das man braucht und im richtigen Moment erhält.
Wie frisch gebrühten Espresso, wenn man nach ein paar

Stunden aus einem Zelt kriecht, das bereits um neun Uhr so heiß ist, dass einem der Schweiß vom Gesicht tropft. Wie eine Flasche kaltes Wasser, die einem der Zeltnachbar reicht, eine Banane, die man unter den Kostümen findet, ein frischer Pfirsich, aus der Kühlbox gerollt. Dutzende Gläser mit goldgelbem Öl, in Schichten eingelagerte, dunkelrote Fruchtstücke, an der Wand der mobilen Küche gestapelt. Was fehlt, ist richtiger Schatten. Ein Ort, an dem man seine Körpertemperatur reduzieren, an dem man sich abkühlen kann. Ein Erdloch im Wüstenboden, ein Vakuum aus Stille.

Rachel sitzt im Schatten der Küche und knabbert Müsliriegel.
I didn't sleep, sagt sie und reibt sich die Augen. Flocken von schwarzem Make-up auf ihren Wangen, verschmiert vom Schweiß.
Und ich werde auch in den nächsten sechs Stunden nicht schlafen.
Von ihrem Kostüm sind einzig BH und Unterhose übrig. Sie öffnet eine Packung Müsliriegel, es raschelt, bröseliger Geschmack von Haselnüssen und Cranberries, mit bitterem Espresso hinabgespült, ein Stück Banane, die letzten Fäden vom Pfirsichkern gesaugt. Ich versuche vergeblich, auf einem Bein stehend in eine Unterhose zu schlüpfen, ohne sie zu bestauben.
Was hast du gestern noch gemacht, frage ich und kämme mit den Fingern durch meine sandigen Haare.
Mein alter Freund Laser-Steve und ich sind über die

Deep Playa gewandert, sagt sie im Plauderton und kratzt sich am Busen. Wir haben den Sonnenaufgang am Tempel erwartet, Laser-Steve ist Teil der Tempel-Crew. Es war magisch. Die Wächter haben Mantras gesungen, du weißt schon, Hippie-Shit, *and my head went deep down the rabbithole*. Sie kichert und ihre Augen leuchten, erst jetzt fällt mir auf, wie groß sie sind.

Rachel sagt, Molly- und Acid-Leute kommen nicht klar. Es sei unabdingbar, auf der gleichen Wellenlänge zu sein wie seine Freunde. Deshalb gibt sie mir einen identischen Zuckerwürfel, wie jenen, den sie gerade isst.
Bei mir wird das nicht viel ändern, sagt sie, ich behalt mir nur die schönen Farben.
Im Dämmerlicht schlüpfen wir in unsere Kostüme: gestreifte Hosen, rote Samtblazer, plüschige Eichhörnchen-Mützen, Felljacken.

Am Center Camp halten wir an einem feuerspeienden Rad, die Hitze der Flammen glüht an meinen Wangen. Schmerzt in meinen Augen. Schmerzt in meinem Körper: die Zigaretten in meiner Lunge, meine Knie vom Radfahren, der Finger, den ich in der Autotür eingeklemmt habe, das Schlüsselbein, das ich mir als Kind gebrochen habe.
Ich bin müde, mit einem Mal, so müde, dass ich im Sand versinken möchte.
Du kannst nicht müde sein, sagt Rachel und drückt meine Schulter. Du wirst mindestens zwölf Stunden

wach sein. Acid intensiviert, worauf du dich fokussierst. Also fokussier dich auf gute Dinge.

Gute Dinge, das sind: Windstille hinter dem Tempel und die Wärme einer Daunendecke, die ich dort finde. Der Geschmack von Marshmallows, die uns jemand im Vorbeigehen in die Hand drückt.
Die Playa versorgt uns, sagt Rachel.
Rachel kennt mich, obwohl wir uns erst seit ein paar Monaten Freunde nennen, seit einem Festival unter der Julisonne Brandenburgs, haben im Bikini nebeneinander auf einer Campingdecke geschlafen.
Sie weiß, dass ich die Luft anhalte, wenn ich nervös bin, dass ich nicht essen kann, wenn ich nicht weiß, was los ist. Sie weiß, was los ist, ohne dass ich etwas sagen muss. Dann lädt sie mich zu sich nach Hause ein, auf ihre magische Couch, brüht eine Kanne Tension Tamer auf, breitet ihre mexikanisch blaue Steppdecke aus und legt Tarotkarten auf den Tisch. Auch jetzt sagt sie: *Chill out,* alles gut, und hängt sich bei mir ein.

Später baumeln wir auf einer Hängematte in der Größe eines Lkw mitten in der Wüste. In einem Wirbelwind aus Lichtern und Schatten segeln wir durch die Luft, vor und zurück, kommen nicht aus dem Netz und auch nicht aus dem Lachen, bis ich meine Augen schließe und mich tragen lasse. Dämmere dahin, im Schweben, bis ich eine Stimme höre, *wake up,* und jemand an mir rüttelt, *let's explore,* und mich hochzieht.

Na, alles klar, sagt Rachel, ihr Gesicht über mir, ich nicke und krieche zurück in den Staub.

Ich mag kein Bier, mochte es noch nie, Bier zu trinken macht mich hungrig und müde. Doch das Bier, das man hier ausschenkt, ist besser als alles, was ich jemals zu mir genommen habe. Herbe, erfrischende, kühle Flüssigkeit, ich brauche mich nur anstellen und man reicht mir noch einen Becher. Frisch gezapftes, belgisches Bier. Fünfundvierzig Grad im Schatten und hundert halbnackte Körper ergeben eine delirante Mischung.

Ich finde mich auf einer rosaroten Couch wieder, neben einem Einhorn in Gold, ein zierlicher Mann mit Londoner Akzent und kohlschwarzen Augen. Er reibt sich an mir, ich reibe mich an ihm, an meinem Kopfschmerz merke ich, wie dehydriert ich bin.
Er fragt mich, ob wir ein Abenteuer erleben wollen, seine Stimme feucht in meinem Ohr. Wir planschen und reiten auf einem Gummikrokodil im bräunlichen Wasser, in einem Pool versteckt im Labyrinth der Camps. Nur ein Einhorn kann etwas derart Magisches finden.
Wir schwimmen, bis mir kalt und die Sonne erträglich wird, und ich stehle mich davon, meine Kleidung in der Hand, nur mit Flip-Flops bekleidet.

Ich hab ein Einhorn geküsst, berichte ich Rachel später. Gut gemacht, sagt sie und schlägt mir auf die Schulter. Noch besser finde ich, dass mich niemand ansprach auf meinem zwanzigminütigen, nackten Heimweg, bis auf einen jungen Mann, der ebenso nackt war und mich zu *tea and techno* einlud. Meine Komfortzone hat sich nach außen bewegt, schwebt jetzt etwa einen Zentimeter über meiner Haut, abgekühlt und erfrischt in der Sonne glänzend.

Come in, wraps and drinks, ruft Superwoman mit rauchiger Stimme.
Sie trägt ein goldenes Diadem und schwebt mit Captain America auf der Holzschaukel, in ihrer Hand ein Tablett mit Feta-Wraps und Karottenstiftchen. Batgirl, Hulk und Magneto bringen eisgekühlte Mojitos. Ich liege auf der Couch, zwischen ihnen, in einem Kimono, den mir jemand im Vorbeigehen gereicht hat, vor Lautsprechern, aus denen tiefer Bass wummert.
Ich habe mich in unser Nachbarcamp eingeschlichen, vor Stunden schon, mit Vorbeigehenden geplaudert, bin dann und wann eingedöst, gelegentlich einen Blick hinüber zu Clutch Tomato geworfen, wo Rachel an der Bar Cocktails mixt und lautstark *Space Oddity* singt.

Jetzt gehen die ersten Lichterketten an und tauchen die Kuppel in blaues Licht. Die Wüste ist abgekühlt, die Temperatur auf ein Niveau gesunken, das mich frösteln lässt. Plötzlich höre ich eine vertraute Stimme in der Menge.
Du bist die schönste Frau der Playa, *I'm serious, bella.*
Eine groß gewachsene Gestalt im violetten Paillettenanzug steht an der Bar, den passenden Hut am Kopf, an

den Füßen schwarz-weiße Clownstiefel. Der Frau zugewandt, die auf der Schaukel baumelt, sie umgarnend: Sergio.
Darling, schreie ich, Müdigkeit und Hitze vergessend. Ich verschwinde in seiner Umarmung. Wo warst du denn?
Sergio aus Bologna, mehr Seelenverwandter als Liebhaber, den ich in anderen Städten getroffen habe. Sergio, der immer bringt, was man braucht: Müsliriegel und Bananen, gekühltes Kokoswasser, Kaugummi und Ohrstöpsel, eine Umarmung oder einen Kuss.
Hast du gesehen, wie schön sie ist, flüstert er und rollt die Augen.

In seiner Hand ein Päckchen mit braunen, runden Keksen, wie man sie als *chocolate chip cookies* im Supermarkt bekommt. Nur dass diese Kekse niemals einen Supermarkt gesehen haben, sondern in jemandes Küche bei geschlossenen Jalousien angefertigt wurden. Es sind Pralinen aus Schokolade und Nougat. Sie haben eine längerfristige Wirkung.
Wir liegen auf der Couch, Hand auf Hüfte, Haarsträhnen weggestrichen.
Wir essen einen Keks.
Sergio ist schuld daran, dass ich nicht darüber nachdenke, ob ich diesen Keks essen kann. Mit ihm kann ich die Sinne verlieren, denn ich weiß, er fängt mich auf.

Als wir uns kennenlernten, lag ich mit Sonnenstich in meinem Zelt und konnte mich nicht rühren. *Are you OK?*, fragte er, und als ich verneinte, kroch er zu mir herein, fächerte mir kühlen Wind ins Gesicht und fütterte mich mit Melonen.
Jetzt starren wir in den Himmel.
Ich sehe goldene Drachen, die ineinander fließen, in Kreisen und Ellipsen. Kann mich nicht bewegen, sondern liege einfach nur, Sergios Wärme unter mir. Als ich versuche aufzustehen, falle ich sofort nach vorne, meine Füße versinken im Treibsand. Verzerrte Sitarsounds und das sanfte Pochen eines Schlagzeugs. Ich ahne Brücken im Dunkel.

Später in dieser Nacht radeln wir hinaus in die Morgendämmerung.
Wo einzelne im Staub liegen, unter Felldecken, ein verlorenes Fahrrad, eine Pyramide aus Glas, ein Feld aus leuchtenden Kreisen.
In der Stille die Umrisse von Bergen, die letzten Sterne am Firmament.
Wir folgen den Strömen Richtung *trash fence*, gleiten wie Fische in Schwärmen durch die Wüste, auf das Licht zu, staubig, doch die Augen glänzen wie das Herz. Die Nacht versinkt kalt und knirschend unter unseren Reifen.

Das Beste an den Morgen, sagt Rachel, ist Robot Heart. Eine Fata Morgana an verlorenen Orten, ein Rätsel, frühmorgens zu lösen. Ein Mann im Raubtierpelz be-

wacht es, er hört alle *sounds* mit seinen silbernen Ohren, eine Entourage an schlankgliedrigen Katzen in weißem Pelz und schwarzem Leder um ihn versammelt.
Dieses elektronische Herz leuchtet in einem Käfig aus Metall, es ist verankert im Puls der Tanzenden. Dort vorne, an seinem Grund, finde ich Rachel, im Otterkostüm, mein Zwilling der zärtlichsten Tiere.
Auf der Playa findet man, wen man finden soll, und andere gehen verloren.

Der Tag kommt über uns, in seiner blendenden, glitzernden Pracht. Weißer Dunst, keine Fernsicht, dafür eine Feuersbrunst. Zwei riesige, hölzerne Köpfe, im Kuss vereint, brennen in schwarzem Rauch.
Weißer, feiner Sand, von Windböen aufgewirbelt, bildet eine Wand. Zerrt an der Kleidung, fegt über uns hinweg, nimmt alles mit, das nicht angenäht oder eingesteckt ist, kriecht in Ärmel und Ohren und Nasen. Irgendwo in diesem Dunst finden wir Blumen des Lebens, an einem *art car* wachsend, und Bienenwaben und leuchtenden Honig in unseren Ohren.

I'm so hungry, flüstert Rachel erschöpft.
Auf der Playa findet man, wen man finden soll, und Sergio geht uns plötzlich verloren, samt Fahrrad und Pailletten, im Weiß verschwunden. Ich mache mir keine Sorgen um ihn. Sergio ist ein Glücksdrache, die schlafen auch im Fliegen.

Rachel und ich, wir finden Schnitten frischen Brots, warm und weich aus dem Ofen, mit Honig und Butter bestrichen, dazu eine Scheibe gebratenen Speck, heißen Kaffee mit Milchschaum, frisch gepressten Orangensaft und kaltes, klares Wasser.
Bis wir im Camp ankommen, sind wir gesättigt, von allem, das man uns schenkt, und dem im Gold getränkten Licht dieser Sonne, auf einem himmelblauen Sofa liegend, unter dem Schutz von Superhelden und Bösewichten, am Rande der *illusion*. Schweißgetränkt im staubigen Stoff schlafen wir ein.
Meine Komfortzone hat sich weiter nach außen bewegt, darin gibt es jetzt Platz für die zärtlichsten Tiere.

Virgins sind *first time burner*. Sie wissen nicht, was sie tun, haben keinen Playa-Namen. Ich muss mich entscheiden, die blaue oder die rote Pille zu nehmen, und folge Rachel hinaus in die Wüste. Frisch geduscht und mit Lichtern behängt, gehe ich als *virgin* zum heidnischen Ritual eines Kults von Kostümierten.
Die Priester sind Feuerjongleure, in einer Prozession um die Götzenfigur ziehend. Uroboros, der sich in den Schwanz beißt. Die sich selbst zeugende Schlange, ein Kollektiv von brennenden, wirbelnden Feuerstäben.
Wir sitzen in einem *art car*, das mit weißen Hasen ausstaffiert ist, und starren vor uns hin, während die Farben klarer und dichter werden, die Musik besser wird und sich sämtliches Licht auf das Strichmännchen konzentriert. Wir trinken Whiskey und knabbern Wasabinüsse.

Rachels Gesicht ist ein vibrierendes Muster aus blauen Strichen und goldenen Punkten.
Weißt du was, sagt sie, ich nenne dich hiermit Glitzerpony.
Und die Hasen, mit ihren Hüten und Zauberstäben, applaudieren und die gestreifte Grinsekatze auf ihrem pinkfarbenen Plüschsofa bewirft uns mit Konfetti.

Plötzlich knackt und knistert es, und das Licht explodiert, mit einem ohrenbetäubenden Knallen. Das Strichmännchen hat Feuer gefangen und ein Jubeln bricht aus, alle Farben singen und summen in weichem Glanz.

Später finde ich kleine Laser im Staub, die ich an meinem Mantel montiere.
Von meinem Herzen ausgehend bilden sie leuchtende Verbindungen zu allem, das sie berühren. Ich finde Tore mit wehenden Stoffen, meditierende Mönche, schwebende Feuerschalen und Blumen des Lebens. Der Tanz ist ein summender Bass, eine Melodie, die nur wir Tiere hören können. Ich grabe ein Loch in meinen Bauch, bis zum Kern der Erde hinab.
Eine Rauchwolke liegt über uns, zieht langsam über die Stadt.
Grüne Brücken lösen sich auf und werden, was sie sind: Lichter, die die Nacht erhellen.

KERALA

INDISCHER SCHWANENGESANG

Seine schmale Taille unter meinen Händen.
Kühle Baumwolle, sein weißes, weites Hemd. Moschus und Schweiß, ein bisschen Jasmin. Ich spüre den Windschatten zwischen uns, der Fahrtwind kühlt meine Schläfen. Gleichmäßig surrt sein Scooter, vibriert unter uns, wird lauter.
Palmen fliegen vorbei, die Rauchfahnen von Feuern, Hütten, helles und dunkles Grün im Unterholz, in dieser feuchten Hitze.

Er weicht den Kühen an der Straße aus, ihren langen spitzen Hörnern, den flauschigen weißen Ziegen an ihren Ketten, nahe den Tümpeln, blökend, den schmutzigen Straßenhunden, die uns nachhetzen, zieht er davon.
Bergab werden wir schneller, nähern uns dem Tempel, schon ist die mächtige, rote Mauer hinter den Palmen zu erkennen, die Äste des großen *banyan tree*, das hellblaue Tor mit den Statuen Shivas und Vishnus.

Ich werde ihn fragen, ob wir anhalten, eine Runde im Tempel spazieren.
Ob wir im Schatten des Zauberbaums sitzen. Nur ein bisschen, weil Zeit ist, weil wir nichts zu tun haben, weil

der letzte Tag des Jahres ist. Seine Ohren stehen ab, fällt mir jetzt auf, an seinem rechten Ohrläppchen baumelt ein winziger, goldener Buddha. Kaum jemand ist zu sehen, vorne an der *temple junction,* wo sich sonst Schulkinder, Sadhus und Strandverkäufer tummeln. Wir sausen auf die Kurve zu, der Fahrtwind treibt mir Tränen in die Augen.

Steve kann mit diesem Verkehr umgehen, dem hupenden, chaotischen, in alle Richtungen fahrenden, dem Gesetz des Stärkeren und Lauteren folgenden.
Ich schließe die Augen und atme den Duft dieses Landes ein: die schwere Feuchte des Waldes, den beißenden Rauch der Feuer, die faulige Süße von Verwesendem in Büschen, den süßen Jasmin, Hibiskus und Frangipani.
Ich öffne die Augen und sehe die Tempelmauer näher kommen und ein großes schwarzes Motorrad, auf das wir zuschießen.
Was machst du, rufe ich.
Der Lenker bewegt sich nicht, schreit Steve.

Da ist ein Quietschen. Ein Schlittern. Ein Kratzen. Das Aufheulen des Motors, Steves Körper unter meinem, ein wirbelnder Schatten, etwas Hartes in meinem Bauch, ein Schmerz. Mein Kopf schlägt gegen Metall, mein Körper dreht sich. Ich fliege durch die Luft, weiß nicht, wo oben oder unten ist, schließe die Augen. Schultern und Beine sind die Stoßdämpfer, ein Knall und ich schlage auf dem Beton auf.

Ich öffne die Augen. Azurblauer Himmel über mir und keine einzige Wolke. Palmenwipfel. Etwas in mir zittert, doch ich zittere nicht.
Ich schaue nach links, ob ein Fahrzeug kommt. Falsche Richtung. Schaue an meinem Körper hinab, ob noch alles da ist. Drehe mich um, nach Steve, der unter dem Scooter liegt.
Er bewegt sich nicht. Ich krieche zu ihm.
Scheiße, flüstert er. Scheiße.
Da ist ein Tropfen Blut an seiner Wange, eine lange Schramme an seiner Stirn.
Nicht bewegen, sage ich und drücke meinen Schal auf das Loch in seiner Wange, um die Blutung zu stillen.

Die Tuk-Tuk-Fahrer treten aus dem Schatten der Mauer, versammeln sich um uns, starren uns an. Der Geruch von Benzin steigt mir in die Nase, die Vorderseite des Scooters liegt zerfetzt auf der Straße.
Call a fucking ambulance, schreie ich.
Call a fucking ambulance, schreie ich wieder und krame hektisch in meiner Tasche, die noch immer von meiner Schulter baumelt, suche nach meinem Telefon.
Notruf 112. Das ist der EU-Notruf. Ich überlege, ob man uns von dort jemanden schicken könnte, jemanden, der uns – jemand in Österreich, der in Delhi anruft, der in Trivandrum anruft, der in –
Welches Krankenhaus, sage ich und halte Steves Hand, der in den Himmel starrt und tippe durch die Kontakte in meinem Telefon.

Dauert zu lang, sagt er. Seine Stimme ist brüchig. Er blickt zur Seite.
Call an ambulance, please, flüstert er.

Man bringt unsere Taschen, Flip-Flops, eine zerborstene Bourbonflasche. Es riecht nach Alkohol, Benzin und Verbranntem. Ich lasse mir den Schlüssel des Scooters bringen, bitte jemanden, ihn aufzustellen. Wir sind ohne Helm, ohne Jacke, ohne Schuhe gefahren, nur den Wind in den Haaren. Blut läuft aus Steves Wange, als freue es sich, ungehemmt austreten zu dürfen, ein kleines Rinnsal roter Farbe, das in meinen Schal sickert. Es sammelt sich an seinen Bartstoppeln, die silbern glänzen.
Ich erinnere mich an meinen Erste-Hilfe-Kurs. Stabile Seitenlage, Atemwege freihalten, den Verletzten bei Bewusstsein halten.
Kannst du atmen, frage ich und er nickt.
Seine Pupillen sind kaum zu sehen, sein Atem ist flach. Blass ist er, unter der Sonnenbräune, und ganz still. Dabei ist Steve nicht ungelenk, sondern muskulös und fit, ist besser in Form als ich, obwohl er vierzig Jahre älter ist. Ich streichle seinen Arm, minutenlang, zehn, fünfzehn, zwanzig Minuten.
Eine Ewigkeit lang.
Alles wird gut, flüstere ich, mach dir keine Sorgen, alles wird gut.

Ein Kastenwagen fährt vor, zwei Männer drängen zwischen den Zuschauern durch. Sie heben ihn auf eine Bahre. Er deutet auf seinen Brustkorb.
Don't move him too much, sage ich.
Im Inneren des Fahrzeugs ist nichts. Keine Maschinen, kein Verbandszeug.
Ich will nachgehen, doch da ist plötzlich ein Schmerz in meinem Bauch, so zornig und heiß, wie ich noch nie Schmerz im Inneren meines Körpers gespürt habe. Ich sinke zusammen. Der Mann, der die Rettung gerufen hat, hält mich an der Schulter fest.
Madam, sagt er, *you have to go to the hospital, too.*

Wir liegen auf kalten Metallliegen im *emergency room*, es riecht nach Desinfektionsmitteln. Neben mir heult eine dicke Amerikanerin mit nassen Haaren, ihr Knie eine blutende, offene Wunde. Ich schäme mich, so hilflos zu sein, möchte in mich hineinkriechen. Mich fröstelt von dem Schmerz in meinem Bauch. Die Uhr über mir zeigt 14.15 Uhr.
Steve liegt mir gegenüber, ein weißes Leintuch auf seinen Beinen, drei Ärzte beugen sich über ihn. Man kennt ihn, er wird behandelt. Ich habe keinen Reisepass und auch kein Geld bei mir. Unter meinem T-Shirt sehe ich eine Beule, links, neben meiner Hüfte, aus meinem Bauch hervorstehend. Ich erinnere mich: An inneren Blutungen kann man sterben. Ich verstehe nicht, warum mir niemand hilft. Es ist 14.25 Uhr.

Eine Krankenschwester nähert sich mir, greift nach meinem Arm und sticht in die Vene. Als ich sie frage, was sie mir verabreicht, sagt sie nur, *against the pain*.
Man rollt Steve aus dem *ER*. Er starrt an die Decke. In seinem Gesicht sitzt ein Schreck, wie ich ihn noch nie an ihm gesehen habe.

Eigentlich ist Steve immer *shanti*.
Eigentlich sagt Steve immer, dass alles relativ ist.
Inhale and exhale, sagt er, *and please mind the gap*.

Steve, der eigentlich Stefan heißt und seit einem Jahrzehnt an der Black Beach verwurzelt ist, wo er Yoga-Retreats hält. Tagein, tagaus bringt ihn sein Scooter zu seiner ersten Zigarette, seinem Morgen-Chai. In seinem Yoga Shala ist weder das eine noch das andere erlaubt.
Und ich denke an Amma, die wir vor einem Jahr gemeinsam besucht haben, und daran, dass die Dinge doch besser sein sollten, wenn man einen Guru getroffen hat.

Es ist 14.45 Uhr. Ich habe Angst. Wenn ich Angst habe, kann ich nicht atmen. Endlich beugt man sich über mich.
Man drückt in meinen Bauch.
Man legt mich auf eine Röntgenmaschine in der Größe eines Kleinwagens.
Man fährt mich in einem Lieferwagen in ein Labor am anderen Ende der Stadt.

Vorher:

Wir trinken milchigen Chai aus winzigen Gläsern und überlegen, ob ich mir ein Fahrrad kaufen soll. Mit einem Fahrrad könnte ich zum Tempel fahren und in die Stadt, um ein richtig gutes Thali zu essen, wann immer ich will. Oder mit mir nach Akathumuri radeln, sagt Steve, einen Fischer bestechen und über die Backwaters schaukeln. Mit einem Fahrrad, sagt Steve, wärst du auch schneller bei mir. Dann könntest du bei einer *morning yoga class* mitmachen.
Ich rücke ein Stück aus der Sonne.
Ich weiß nicht, sage ich und nippe an meinem Tee, ob ich schneller sein will. Oder früher aufstehen.

Wir sitzen im Duft von Reis und Gemüse, im Restaurant nebenan brät man ein typisch südindisches Frühstück. Steve wischt sich den Schweiß von der Stirn. Für ihn ist Geschwindigkeit wichtig. Er lebt in einem Land, in dem alles *shanti* ist, seine Zeit hat und das Schicksal in den Händen der Götter liegt. Ohne seinen Scooter wäre er hilflos, könnte er nicht rauchen und auch kein Bier trinken.
Es bringt ihm Unabhängigkeit, wo ich keine Freiheit suche.
Mir ist das Gegenteil wichtig, sage ich und rolle uns beiden eine Zigarette. Einer der Vorteile dieses Ortes ist es doch, dass ich überall nur zu Fuß hinkomme.
Steve schüttelt den Kopf.

Dass ich an der Bushaltestelle viel zu lange warten oder ein bezahlbares Tuk-Tuk finden muss. Es ist viel zu heiß, um schnell zu sein.
Ich kratze mich im Nacken, wo sich die ersten Schweißtropfen angesammelt haben.

Ein letztes Mal bin ich zurückgekehrt und noch immer trägt ein Zimmer meinen Namen. Man kennt mich hier. Man weiß, dass ich im Little Tibet am liebsten Veggie-Momos esse, dass ich morgens um elf im Coffee Temple auftauche und einen großen Cappuccino bestelle. Dass ich am Tibetan Market nie mehr als ein paar silberne Armreifen kaufe.
Ich weiß, wo man mich trotzdem abzockt, welche Kellnerin ich fragen muss, um Kakao auf meinem Kaffee zu bekommen und dass es nach Sonnenuntergang besser ist, den Strand zu verlassen, denn dann gehört er den Hunden.

Ich habe mich eingerichtet, wie jedes Jahr. Habe Fotos meiner Familie und Talismane in meinem Zimmer verteilt, Polster aufgeschüttelt und ein Räucherstäbchen angezündet. Bin eine Runde durch das Dorf gegangen, habe die Besitzerin des benachbarten Hotels begrüßt und auch die Frau aus Rajasthan, der ich jedes Jahr ein paar Tücher abkaufe. Dennoch bin ich nicht angekommen.
Dennoch warte ich noch immer auf die innere Ruhe, die ich von diesem Ort kenne, die sich ausbreitet, sobald ich die feuchte Hitze einatme, wenn ich aus dem Flugzeug

steige und meinen ersten, billigen, viel zu süßen Tee am Bahnhof trinke.
Nicht einmal die Flughunde helfen, deren Bissspuren ich am Morgen auf den Früchten am Dach finde, wo ich sieben Sonnengrüße absolviere, bevor Steve kommt.

Muss los, sagt der, die Gäste warten, lässt Tabak und Feuerzeug in seiner Hosentasche verschwinden, schlendert zu seinem Scooter und saust davon, eine rote Staubwolke hinterlassend. Ein Geräusch ertönt in der Ferne, ein Kratzen im Lautsprecher und dann ein Singen, der Muezzin ruft zum Gebet.

Steve, aus dessen Augen der Schalk spricht, und auch aus seinem Mund, vor allem wenn er getrunken hat. Nie hat mir Steve eine Antwort auf die Frage gegeben, warum er hier lebt und nicht mehr in San Francisco, wo er fast sein ganzes erwachsenes Leben verbracht hat. Als buddhistischer Mönch. Vielleicht sind die jungen Männer, die manchmal unauffällig von seinem Grundstück verschwinden, ein Hinweis darauf.

Ich sitze im Garten und warte auf ein bekanntes Gesicht, darauf, dass sich etwas bewegt in meinem Leben, doch niemand wirbelt Staub auf, füllt die Leere zwischen den Palmen mit Lachen, Gesprächen oder harmlosen Flirts. Es ist nicht mehr wie vorher.
Vielleicht ist es auch zu früh. Die Hotels an den Klippen sind kaum belegt, die Shop-Wallahs sitzen in den

Hinterzimmern ihrer Läden und schauen fern. Selbst die Sonne versinkt für sich selbst, Steve und ich sind ihr einziges Publikum.

It's the season, sweetheart, sagt er, bricht ein Käse-Naan entzwei und reicht mir die Hälfte, während der letzte Rest der roten Kugel im Grau versinkt.
Anfang Dezember gehört dieses Dorf dem Monsun, sagt er.
Noch kann es jeden Tag regnen. Wenn es regnet, geht dieses Dorf unter, dann fällt der Strom aus, und damit die Verbindung zum Rest der Welt. Dann verwandeln sich die Gassen in rote Bäche, die nicht abfließen, und die Feuchtigkeit kriecht in Kleidung, Bettzeug und Handtücher.

Früher ging ich dann allein an den Strand.
Früher genügte mir die Poesie der toten Fische auf schwarzem Sand, beglückte mich der Anblick der ausgebleichten Fischerboote, der langbeinigen Vögel, regungslos in der Brandung stehend.
Früher machte es mich glücklich, allein auf den Horizont zu schauen.
Heute ist nur noch auf das Meer Verlass. Schmutzig wie in den Jahren zuvor ist es noch immer Auffangbecken für Plastikflaschen, hölzernes Treibgut, Fischschuppen und zersplitterte Schiffsplanken. Die Brandung saugt Löcher in den Sand, meterlang und flach und tückisch, und die Strömung ihre Opfer ins offene Meer.

Das Fehlen der Dinge liegt möglicherweise in der Zeit, sage ich.
Weißer Käse überzieht meine Finger, Duft von Kokosfett und Bratpartikeln. Steve trinkt von seinem Bier.
Wie meinst du das, sagt er.
Wie einer dieser australischen Jungs sieht er aus, mit seinem Muskelshirt, den Sporthosen und Sandalen. Wir sitzen an unserem Tisch, in der äußersten Ecke des Restaurants, keine anderen Gäste im Rücken.
In den kleinen Märkten an den Cliffs gibt es jetzt Tampons und britische Kartoffelchips, und vom Helipad kann man mit Paragleitern über den Strand segeln. Clafouti hat ein All-you-can-eat-Buffet und niemand geht mehr barfuß. Alle tragen Birkenstock oder Havaiannas mit Glitzersteinchen.
Steve hebt sein Bein unter dem Tisch hervor und zeigt mir seine alten Flip-Flops.
Du zählst nicht, sage ich, du gehörst zum Inventar. Vielleicht verliert das Vertraute einfach seinen Reiz und ich bin zu kritisch.
Das Äußere spiegelt immer das Innere, sagt Steve und grinst. Darf ich mal?
Er fischt ein Stück Blumenkohl aus meiner Schüssel.
Früher war alles hier ein Abenteuer, sage ich. Alles besonders. Barfuß zu gehen und mit den Händen zu essen und mich mit einem Kübel kalten Wassers zu waschen. Das kannte ich nicht, so einfach zu leben. Jetzt ist das nicht mehr so. Jetzt will ich warmes Wasser, ein Zimmer ohne Kakerlaken, eine warme Bettdecke.

Steve lacht und reicht mir ein *samosa*.
Hier hat sich nicht viel verändert, sagt er, außer, dass es touristischer wird.
Ich finde schon, sage ich. Das Einzige, das sich nicht verändert, ist der Tempel. Der ist noch immer gleich.
Noch immer hängen die Frauen Püppchen an den Zauberbaum, noch immer verkauft man *malas* aus Glas und Rosenholz vor dem Tempel, und nachmittags um vier taucht der Junge auf, der Jasmin zu Päckchen verschnürt, große weiße und pinkfarbene Blüten zu Kränzen bindet und all dies an die Gläubigen verkauft.
Noch immer findet die *puja* um fünf Uhr statt, zu der der Priester um das Allerheiligste geht, von Schrein zu Schrein, und alle Götter anruft, ein Glöckchen läutet, während am Himmel die ersten Sterne auftauchen, die Öllampen an der Tempelwand flackern und in den Hotels ringsum die Lichter angehen.

Ein lauer Wind zieht über uns hinweg, vom Ozean her kommend. Die Lichter der Fischerboote am Horizont. Einzig das sanfte Rauschen der Brandung dringt herauf und mischt sich unter Bob Marleys *Iron, Lion, Zion*. Steve zieht an seiner selbst gedrehten Zigarette, lehnt sich zurück und seufzt.
Ich würde gerne nächstes Jahr einen Yogakurs in Europa halten, sagt er.
Wieso nicht Marseille, frage ich. Dann kannst du deine Schwester besuchen.
Er winkt ab.

Zu viele Studios. Wäre schön, macht aber keinen Sinn.
Du findest bestimmt etwas, sage ich, gibt doch genügend Hippies in Europa.
Er nickt. Lass uns am 31. in die Stadt fahren, wir kaufen uns was Schönes für Silvester.
Warum nicht, sage ich. Eine Flasche Bourbon?
Er kichert. Genau, Kontrastprogramm zum Vorjahr.

Im Vorjahr besuchten wir Ammas Ashram, eine Miniaturstadt in Altrosa mit dreitausend Bewohnern auf engstem Raum, mit Namen Amritapuri.
Amma, *the hugging mother,* Avatar einer Göttin, einziger weiblicher Guru Indiens.
Wir fuhren im *sleeper* nach Amritapuri. Steve und ich, natürlich offiziell ein Paar, ich war *daddy's girl*, denn in Indien gibt es keine Singles, schon gar keine Single-Frauen. Daddy war ein Dandy: herausgeputzt in weißer Seidenhose und passendem Hemd, mit geschorenem Haupt und diesen grauen Augen. Er sah selbst aus wie ein Guru. Ich trug den *salwaar kameez* seiner Putzfrau, eine weite Pumphose in Beige, dazu ein braunes Kleid mit seitlichen Schlitzen und ein schlichtes Tuch über den Haaren.
Wir quetschten uns zwischen die zwölf Mitglieder einer indischen Familie und starrten aus den Fensterschlitzen, die ganze Fahrt über, um atmen zu können. Die Sitzbänke im Achtziger-Jahre-Blau waren überfüllt, die metallenen Wände aufgeheizt, die Fenster vergittert.
Bis auf rostige Gleise und Palmstrünke sahen wir nichts,

in den Bahnhöfen die Füße von Männern in schwarzen Lackschuhen und viereckige Boxen, die man ans Fenster hielt, aus denen Fett von frittiertem Backwerk tropfte.
Ist es nicht unverantwortlich, fragte ich, als wir endlich aus dem Zug kletterten, dass die Menschen ihre Heilung, ihre Besserung, ihr Glück von einem anderen Menschen abhängig machen?
Warte ab, sagte er, warte ab, bis du sie triffst.

Nach sechs Stunden erreichten wir den Ashram, schwitzend und erschöpft. Standen drei Stunden lang Schlange, in einer gleißend heißen Betonhalle mit Hunderten anderen. Im Hintergrund liefen gesungene Gebete vom Band, vor uns kehrten deutsche Studentinnen den Boden mit kleinen Reisigbesen. Auf der Bühne bauten geschäftige Männer in oranger Tempelkleidung eine Kulisse auf: Flauschige Teppiche und enorme, blühende Orchideen, ein hölzerner Thron in der Mitte, weinende *devotees* um ihn versammelt.

Man fragte mich nach meinem Namen, meiner Muttersprache, meinem Vaterland.
Es roch nach Sandelholz und Rose. Ich erkannte ihre weiche, gebräunte Haut, das runde Gesicht von Weitem, zwischen den Brauen ein weißer Punkt, ihre Augen dunkel, wachsam. Etwas Mütterliches strahlte sie aus.
Man deutete mir, vor ihr auf die Knie zu gehen.
Ohne Vorwarnung drückte sie mich an sich, hielt mich

an ihren Busen und murmelte Unverständliches, das irgendwann Deutsch wurde.
Meine Liebe, meine Liebe, meine Liebe, flüsterte sie, mit ihrer tiefen Stimme.
Ich schaute auf ihre nackten dicken Füße, die bewegungslos auf dem Teppich standen und schloss die Augen, spürte die Wärme ihres Körpers und meine Anspannung schwinden.
Sie schwatzte mit jemandem auf Malayalam, und ich atmete ihren Schweiß ein, ihre Mütterlichkeit, bis man mich wegzog und mir deutete, die Bühne zu verlassen.

Warum ich Europa verlasse und nach Indien zurückkehre, ich kann es nicht sagen. Es ist ein unhörbares Rufen, das aus Palmwäldern, Tempeln und Bergen erklingt. Es findet mein Ohr und weckt mich, nachts, ob in Linz oder Berlin, Marseille oder Curitiba. Es ist Heimweh: nach einem Ort, den es nicht gibt.

Wir spazieren in Richtung Zentrum. Türkisfarbene, rostige Busse mit pinken Schriftzügen knallen an uns vorbei, in den Schiebefenstern kleine Mädchen mit violetten Bändern in den Haaren, die mir zurufen: *Madam, Madam, please.* Scooter und Tuk-Tuks brausen vorbei, es ist staubig und heiß, die Sonne erreicht ihren Höhepunkt.
Silvester wird in Indien gefeiert wie an jedem anderen Ort: Glitzernde, bunte Fähnchen hängen von den

Stromleitungen, Lametta aus den Palmen und Schulkinder laufen mit Partyhütchen auf und ab.

Hinter der Tankstelle liegt Anjalis *daba*, ein Holzverschlag mit Ofen, ein paar Plastiktischen und einem Waschbecken in der Ecke. Darin ist es so heiß, dass mir die Beine am Plastikstuhl festkleben, noch bevor ich die Speisekarte gelesen habe.
Anjali ist die freundlichste und schönste Frau, die ich in Indien getroffen habe. Ihr Gesicht hat alle *features*, die man im Westen als makellos bezeichnen würde: hohe Backenknochen und schwarze, mandelförmige Augen, schmale Brauen und eine lange, feine Nase. Sie bewegt sich anmutig, schneidet Gemüse wie eine Königin, wenn Königinnen das tun würden.

Außer uns sitzen nur Männer hier, in Paaren oder zu dritt, in kurzärmeligen Hemden und Anzughosen oder mit zu großen Schuhen, die sie nachziehen, wenn sie sich am Becken die Hände waschen.
Was nimmst du?, brummt Steve, ihre Blicke ignorierend.
Same same.
Er nickt, deutet mit zwei Fingern und saugt Cola aus dem Strohhalm in seiner Flasche.

Ich rieche Moschus und Schweiß, ein bisschen Jasmin. Spüre den Windschatten zwischen uns, der Fahrtwind kühlt meine Schläfen.

Gleichmäßig surrt der Scooter, vibriert unter uns, wird lauter. Ich bin müde vom Essen, von der Hitze. Palmen fliegen vorbei, die Rauchfahnen von Feuern, Hütten, helles und dunkles Unterholz, in dieser feuchten Hitze.

Bergab werden wir schneller, nähern uns dem Tempel, schon ist die mächtige, rote Mauer hinter den Palmen zu erkennen, die Äste des großen *banyan tree*, das hellblaue Tor mit den Statuen Shivas und Vishnus.

Ich werde ihn fragen, ob wir anhalten, eine Runde im Tempel spazieren.
Ob wir im Schatten des Zauberbaums sitzen. Nur ein bisschen, weil Zeit ist, weil wir nichts zu tun haben, weil es der letzte Tag des Jahres ist.
Wir sausen auf die Kurve zu, der Fahrtwind treibt mir Tränen in die Augen.
Ich schließe die Augen und atme den Duft dieses Landes ein: die schwere Feuchte des Waldes, den beißenden Rauch der Feuer, die faulige Süße von Verwesendem in Büschen, den schweren Jasmin, Hibiskus und Frangipani.

Ich möchte mich bei Lisa Kirchner, der besten Korrekturleserin der Welt, bedanken, die meine Sprach- und Gedankenwelt so gut versteht und das Entstehen dieser Texte mit Rat und Tat begleitet hat, bei Tanja Raich für ihren Enthusiasmus, ihre Flexibilität und Geduld, bei meinen Freunden und meiner Familie: dafür, dass ich immer einen Platz habe, wenn ich zurückkehre.

INHALT